Een broeierige avond

Van dezelfde auteur:

Kleine leugens
Het oog, een liefde

www.leopold.nl

Chris Bos
Een broeierige avond

 LEOPOLD/AMSTERDAM

Inhoud

Proloog

Het was niet meer dan een uiterst ongelukkige samenloop van omstandigheden, hield de verdediging de rechter voor. Zijn cliënt was het slachtoffer geworden van een bizarre serie toevalligheden. Hij was een pechvogel, niets meer en niets minder. Net als het slachtoffer natuurlijk, dat ook het ongeluk had gehad om op het verkeerde moment op de verkeerde plaats de verkeerde dingen te doen. De rechter was niet vreselijk onder de indruk van het pleidooi. Bovendien had de zaak veel stof doen opwaaien op het kleine eiland, dat het juist van zijn onbevlekte imago moest hebben. Zij vonniste dan ook conform de eis van de officier: zes maanden onvoorwaardelijk met aftrek van voorarrest.

Een herfstige maandag

Op de boot dacht hij dat ze met z'n vijven waren, omdat ze zo op elkaar leken: allemaal even blond, even bruin en allemaal met dezelfde paardenstaart. Ze stonden in de rij voor de bar, laadden druk kletsend hun dienbladen vol en schuifelden in de richting van de kassa. Pas toen na het betalen één van hen zich losmaakte en een heel eind verderop alleen aan een tafel ging zitten, ontdekte hij zijn vergissing. Wilco Doevendans. Meer een doener dan een prater, zei iedereen. Een harde werker, vond z'n trainer, onvermoeibaar en met een professionele instelling. Geliefd bij z'n teamgenoten, berucht bij z'n tegenstanders. Geen kapsones, geen losbol, geen drinkebroer. En zeker geen moordenaar, in ieder geval niet op het moment dat hij voor het eerst van z'n leven voet zette op het eiland.

De 4LL waren toen al bij de fietsenverhuurder op de pier, want zij hadden meteen de goede uitgang van de boot genomen en stonden dus voor in de rij toen de deuren in de scheepswand opengingen.

'Wat een meur,' zei Luus, 'echt ranzig.'

'Kijk daar!' riep Lisanne opgetogen. 'Wadlopers.'

Een eind verderop tekende zich inderdaad een karavaan silhouetten af tegen de kille nevels boven het Wad. Luus bekeek de wandelaars met afschuw, terwijl ze tot hun enkels door de bagger ploeterden. De bleke, bemodderde kuiten, de versleten rugzakjes, de verwaaide haardossen. Losers.

Ook het eiland zelf viel Luus tegen. Ze had gedacht dat het groter zou zijn, en hoger, dat het als een kleurrijk toevluchtsoord zou oprijzen uit de omringende zee. Geen wui-

9

vende palmbomen natuurlijk, maar ze zag ook geen woeste duinen, geen gouden stranden, geen pittoreske huisjes, alleen een kale dijk en daarachter het verroeste dak van een haveloze loods. Dan zou de rest van Lisannes verhalen ook wel overdreven zijn, concludeerde Luus: waarschijnlijk zou het in de loop van de dag helemaal niet opklaren en waaiden de zware regenwolken hier ook niet sneller over dan in de rest van Nederland.

Niet voor het eerst zag ze op tegen de week die voor haar lag. Als zij haar zin had gekregen, waren ze vanochtend vanuit een onberispelijk blauwe hemel in Florence geland en zaten ze nu bij Paszkowski op het Piazza della Repubblica aan een romige cappuccino. Dan zou ze de anderen rondleiden door de weelderige zalen van het Uffizi, langs Botticelli's *Geboorte van Venus* en langs al die andere topstukken van de Europese schilderkunst. En daarna zou ze hen laten genieten van het zonovergoten uitzicht op de eeuwenoude stad vanaf de Ponte Vecchio, terwijl ze tussen neus en lippen door vertelde dat ze precies op die brug onlangs Katja Schuurman was tegengekomen, in levenden lijve, een lijf dat trouwens veel korter en molliger was dan Luus had gedacht. En als het zo uitkwam had ze 's avonds iets met Fabio kunnen afspreken, niet om met hem te pronken, maar gewoon voor de lol, zodat de andere drie hem in ieder geval een keer hadden gezien en naderhand ook een beetje een idee hadden van het dilemma waar ze voor stond.

Maar tegen Florence had ieder voor zich bezwaar aangetekend: Lisanne vond het te duur, Lot wilde niet vliegen en Lana zag op tegen de felle zon.

Ondertussen had Lisanne twee fietsen gehuurd. Luus ging bij Lot achterop en Lana bij Lisanne. Te midden van een stroom lotgenoten fietsten ze over het rode asfalt van de pier het eiland tegemoet.

Aan het eind van de pier moesten ze stoppen voor een van de weinige auto's die van de boot waren gekomen, een busje van de firma Doevendans & Zn, aannemer.

'Dat was die knul weer,' riep Lot achterom.

'Welke?' vroeg Luus, rillend van de kou en inwendig vloekend op harde Hollandse bagagedragers. Waarom namen ze niet gewoon een taxi?

'Waar je op de boot de hele tijd naar zat te lonken.'

'I did no such thing!' zei Luus.

'Nederlandse mannen zijn net pissebedden,' zei ze graag. 'Til een steen op en er blijkt een hele horde stiekeme gluurders onder te zitten, die alle kanten op vluchten zodra het daglicht ze heeft betrapt.' Dan toch liever de vurige aandacht van Italianen: schaamteloos maar strelend.

Overigens moest ze toegeven dat ze de knul in kwestie inderdaad een beetje had uitgedaagd, a) omdat hij er wel lekker uitzag en b) omdat ze graag bevestigd zag dat zij van hen vieren het best in de markt lag, zelfs als die markt bestond uit provinciaaltjes van het type groot, boers en smoezelig. Los daarvan lag het niet in haar aard om weerstand te bieden aan verlokkingen: ze hield van zoet, dus ze snoepte, ze hield van sigaretten, dus ze rookte en ze hield van aandacht, dus ze flirtte.

'We zijn er bijna,' riep Lisanne opgetogen.

Ze reden over een smal fietspad tussen de weilanden door en sloegen aan het eind rechtsaf een klinkerweg in. Het landschap was plat en grauw als de rest van Nederland en aan niets was eigenlijk te merken dat ze op een parel van de Wadden waren beland.

'Bijna, bijna, bijna,' jubelde Lisanne.

Ze slingerden rakelings langs druipende brandnetels en stonden toen stil voor een bakstenen bungalow. Aan de gevel was een verweerde plank gespijkerd waarin met houterige letters de naam van het huisje was gekerfd.

'*Snuukt?*' vroeg Lot.

Een idee van haar opa, vertelde Lisanne, hij was nog steeds de eigenaar van het huisje. Opa Hooghiemstra was een fan van Scandinavië en 'snuukt' was Zweeds voor mooi, al schreven de Zweden 'snyggt', zo was later gebleken.

Lisanne stak de sleutel in het slot en deed de voordeur open, die moeizaam over een kokosmat schuurde.

'Wat een lijkenmeur,' zei Luus, want opnieuw viel het haar zwaar hoe bedompt heel Nederland rook. Geen lavendel, geen oregano, maar overal de lucht van schimmel en vochtige kelders.

Via het kleine halletje betraden ze de woonkamer. Verbijsterd bekeek Luus het interieur, dat nog het meest deed denken aan dat van het huisje van de heks in de Efteling; maar het duurde even voordat ze in de gaten had wat er nu zo bizar aan was: geen twee meubelstukken waren hetzelfde. De eetkamerstoelen leken nog wel enigszins op elkaar, maar waren zeker niet identiek. Sterker nog: ook de poten van iedere stoel afzonderlijk verschilden in dikte, kleur en houtsoort.

'Wat zijn dat voor meubels?' vroeg ze zo neutraal mogelijk, want ze kreeg al een vermoeden.

'Die heeft opa allemaal zelf gemaakt,' glunderde Lisanne. 'Allemaal van juthout. Hij is altijd bezig iets te maken van de materialen die hier aanspoelen. Dit bijvoorbeeld.' Ze wees op de zijkant van iets dat zo te zien een ouderwetse rookstoel moest voorstellen. 'Zie je die letters? Die zijn Russisch.'

'Dus die plank heeft misschien ooit een drenkeling het leven gered,' zei Luus.

'Nee,' zei Lisanne, 'waarschijnlijk is het van een kist die bij slecht weer overboord is geslagen.'

'Dit vind ik dus echt een heel leuk huisje,' zei Lot, terwijl ze zich in de leunstoel liet zakken.

'Ik ben moe,' zei Lana. 'Welk bed mag ik?'

★

Wilco Doevendans lag languit op bed. Voor het eerst van z'n leven bekeek hij het interieur van een hotelkamer. Hij kon nog steeds niet bevatten dat deze ruimte de komende weken zijn privédomein zou zijn.

Hij pakte de zapper van het nachtkastje en ging de kanalen langs tot hij Eurosport had gevonden. De Spaanse competitie. Real Zaragoza – Deportivo.

Hij keek en dacht nergens aan.

★

Op haar bed controleerde Luus snel even haar mobieltje. Geen nieuwe berichten. Dus ook niet van Fabio. Het verbaasde haar niet meer, maar het stak ook niet minder.

'Zullen we even een boodschappenlijstje maken?' riep Lisanne. Lana liet zich van het bovenbed zakken en Luus volgde haar naar de huiskamer.

'Waar staat de magnetron eigenlijk?' vroeg ze.

'Die is er niet,' zei Lisanne kortaf.

'Niet?' zei Luus. 'Wou je dan elke avond uit eten?'

'Natuurlijk niet,' zei Lisanne, 'we kunnen toch gewoon koken.'

'*Koken*?!'

'Waarom niet?'

'Dat hebben we toch vorig jaar ook niet gedaan?'

'Nee, oké,' erkende Lisanne, 'maar dat was omdat in Turkije uit eten gaan goedkoper is dan zelf koken.'

'Kunnen we anders geen magnetron kopen?'

'Dan moeten we hem aan het einde van de week mee naar huis nemen,' zei Lisanne.

'Nee,' zei Luus, 'ik bedoel op kosten van je ouders. Of van je opa voor mijn part. In een vakantiehuisje hoort toch een magnetron. Ik bedoel, get real, this is the year 2003.'

'Ik ben bang van niet,' zei Lisanne. 'Mijn moeder is allergisch voor magnetrons. Ze denkt dat straling de voedselvezels beschadigt.'

'Dat *meen* je niet,' zei Luus tegen beter weten in. Ze kende Lisannes moeder tenslotte al jaren.

'Misschien spoelt er wel eentje aan,' zei Lana.

'Ik vind het trouwens helemaal niet erg om te koken,' zei

13

Lisanne. 'Als jij dan wat vaker boodschappen doet, of afwast...'

'Wacht even,' zei Luus, 'er is toch zeker wel een afwasmachine?'

Lisanne zweeg schuldbewust en leek plotseling weer op de slungelige brugklasser die Luus zich nog maar al te goed herinnerde.

'Nou ja, we zullen ons wel redden. In zo'n leuk ouderwets huisje zou modern comfort natuurlijk ook niet passen,' zei Luus.

Meteen veerde Lisanne op.

'Kijk,' jubelde ze, 'de zon komt door, zie je wel.'

Op dat moment knorde Luus' mobiel en ze liep terug naar haar slaapkamer. Het was haar zus.

*

'Morgen beginnen we met het graafwerk. Ondertussen komt het hout voor de bekisting, als het goed is,' zei Doevendans senior.

Wilco at zwijgend verder. Normaliter zou hij over een uur op het trainingsveld staan. En hoe hard hij ook gewerkt zou hebben die dag, hij zou als een beest tekeer zijn gegaan, want hij moest het niet hebben van een goed gevulde trukendoos, maar van conditie: van kleven, sleuren, bikkelen, van incasseren en uitdelen.

Doevendans senior schoof zijn lege bord van zich af.

'Dat was een stuk beter dan in dat hotel,' zei hij.

'Hoe weet je dat nou?' mompelde Wilco.

'Wablief?'

'Hoe weet je dat nou!'

'Dat kon je toch zo wel zien. Ik heb wel vaker in dat soort tenten gegeten. Ten eerste weet je nooit welk bestek je moet gebruiken en ten tweede heb je dat ook helemaal niet nodig voor de miezerige beetjes die je op je bord krijgt. Dat is toch geen eten. Dat is kunst, kunstvreten. Heb ik je nooit

14

verteld van die keer dat we werden meegenomen door die kozijnenfabrikant?'

'Ja,' zei Wilco, 'dat vertel je namelijk altijd als we ergens eten.'

Maar Senior was niet te stuiten.

Ondertussen dronk Wilco zijn glas leeg en keek naar buiten.

Tegenover de snackbar was een supermarkt. Het rek stond vol fietsen, huurfietsen blijkbaar, want ze hadden allemaal een gele streep met een zwart nummer op het achterspatbord.

En daar was ze ineens weer. Wilco had haar niet zien aankomen, maar toen ze afstapte herkende hij haar meteen, ook al had ze andere kleren aan. Ze droeg nu een rok, een strak zwart rokje.

Hij mocht haar niet, hij had een hekel aan de aangeboren arrogantie die bij haar en haar soort hoorde, want hij kwam er vaak genoeg over en onder de vloer om te weten hoezeer ze neerkeken op iedereen die gewoon moest werken voor z'n brood. Hoe meer ze verdienden, hoe groter de kans dat je niet eens een kop koffie kreeg aangeboden. Of ze zetten het buiten, op de groenbak, al kwam de regen met bakken uit de hemel.

Toch kon hij net als op de boot zijn ogen niet van haar af houden.

'Dus ik zeg tegen die vent, die ober, ik zeg: "Ober, mijn bord is vies..."'

Ze keek even zijn kant op, maar ze zag hem niet. Ze deed haar zonnebril af, vouwde hem op en haakte het ene pootje in haar decolleté.

Het achteloze gebaar bezorgde Wilco ongemerkt een stijve en automatisch ging hij verzitten om er ruimte voor te maken.

★

15

'Onbegrijpelijk,' zuchtte Lisanne intens tevreden. 'Nou hebben we elkaar bijna een jaar niet gezien, en toch is alles meteen weer net als vroeger. Hoe zou dat toch komen?'

'We zijn gewoon uniek,' zei Luus, terwijl ze as van haar sigaret in haar toetjesschaaltje deponeerde, over het restje chocolademousse waarin ze geen trek meer had. Niet dat ze aan de lijn deed, waarom zou ze? Mannen hadden meer dan genoeg van knokige types was haar ervaring, zeker in Italië.

'Nou, dat is wel waar,' zei Lisanne, 'ik ken inmiddels best een boel mensen in Leiden, en sommigen ook best goed, de meiden van mijn jaarclub bijvoorbeeld, maar toch zijn ze nog lang niet zo vertrouwd als jullie. En ik heb ook het hele jaar nog niet zo gelachen als daarnet met jullie. Met ons. Lang leve de Forellen.'

'Overigens ben ik teut,' zei Lana, 'echt helemaal teut. Ik word ook nooit zo teut als met jullie. Waarom drinken we altijd zoveel?'

'Jezus,' zei Luus, 'kun je nou nog steeds niet tegen drank?'

'Ik kan wel tegen drank, maar drank kan niet tegen mij,' zei Lana vaag. 'Het wil er altijd weer uit.'

'We moeten straks nog een rondje doen,' zei Lisanne. 'Dadelijk eerst even zwemmen, en als we terugkomen doen we een rondje. Je belangrijkste ervaring van het afgelopen jaar.'

'Zwemmen?' zei Luus. 'Nu nog?!'

'Dat is echt zo gaaf. Dan is het hele strand verlaten en heb je de zee helemaal voor jezelf. Maar eerst snel even afwassen.'

Lisanne begon het bestek in de slabak te verzamelen en de borden te stapelen. Het leek alsof ze nog langer was geworden, maar waarschijnlijk kwam dat doordat Luus nog aan Italiaanse maten was gewend.

'Laat toch staan,' mopperde Luus, 'ik ga nu echt niet afwassen hoor.'

'Als we het snel doen, is het zo gepiept. Anders kijken we er straks tegenaan als we terugkomen.'

'I couldn't care less,' zei Luus. 'Kunnen we trouwens niet

meteen naar die kroeg, in plaats van al dat gezwem?'

'Ik *moet* wat frisse lucht,' zei Lana. 'Jezus, ik geloof dat ik voor het eerst van m'n leven echt dronken ben.'

'Zie je wel,' zei Lisanne, 'Lana wil ook zwemmen.'

'Lana wil helemaal niet zwemmen,' zei Lana. 'Lana moet eerlijk gezegd niet aan zwemmen denken. Lana wil helemaal niks. Lana wil slapen.'

Ter onderstreping legde ze haar hoofd op haar armen en sloot haar ogen.

'Welke kroeg?' vroeg Lot.

'Er was hier toch een kroeg waar je ook kon dansen?' zei Luus. 'Ik vind jullie schatten van meiden, maar ik wil zo langzamerhand wel weer eens een man zien, zo'n lekkere brok testosteron.'

De geiser sloeg aan, want Lisanne spoelde in razend tempo de borden. 'Laten we nou eerst gaan zwemmen,' zei ze, 'dan worden we weer een beetje fris. Daarna kunnen we altijd nog zien wat we doen.'

'Dat hadden we allang besloten,' zei Luus, 'je zou ons die kroeg laten zien. Met die interessante mix van ruwe zeebonken en eigenzinnige kunstenaars.'

'Ik heb trouwens een triootje gedaan,' mompelde Lana, 'een paar weken geleden. Maar er was eigenlijk niks aan.'

'O ja?' vroeg Lisanne, 'welk stuk?'

'Het was eigenlijk helemaal niet zo'n stuk. Daarom heb ik er achteraf ook zo'n spijt van.'

'Hoe bedoel je? Was het iets moderns of zo?'

'Weet ik veel, voor mij wel.'

Lisanne kwam met een vaatdoekje de tafel afnemen, maar hield daar verbaasd mee op.

'Maar iemand heeft het toch gecomponeerd?'

'Wat?'

'Dat stuk, dat trio. Was het niet gewoon Bach?'

Lana keek haar onthutst aan en schoot toen in de lach.

'Ik heb het niet over Bach, ik heb het over een triootje. Ik bedoel, hoe heet het, seks!'

'Wat?!' riep Luus. 'Dat *meen* je niet. Een triootje!'

'Ja,' zei Lana, 'met m'n buurvrouw en haar vriend. En toen was ik niet half zo dronken als nu. Jezus, ik ben echt straalbezopen.'

Ze legde haar hoofd weer op haar armen.

'Maar hoe ging dat dan?' vroeg Luus. 'My god, Lana, vertel, *vertel!!!'*

'Nou gewoon,' zei Lana, 'we hadden een feestje gehad. En op mijn kamer bleven twee jongens slapen die zelf nog steeds geen kamer hebben, dus toen ging ik bij m'n buurvrouw slapen, maar die heeft een vriend en die was er ook.'

'Zullen we eerst afwassen en Lana's verhaal bewaren voor het rondje?' zei Lisanne.

'En toen hebben jullie het met z'n drieën gedaan?' vroeg Luus.

'Nee, om de beurt. Ik geloof dat Iris toen eigenlijk al sliep.'

'Iris?'

'Mijn buurvrouw. Ik moet dadelijk kotsen. Het komt doordat jij altijd maar bijschenkt, Luus. Waarom drink ik altijd alles op wat jij inschenkt?'

'Om de beurt? My god, Laan, wat *heftig!'*

Luus kon het nauwelijks geloven. De brave Lana. Die ooit van een schoolfeest was weggelopen en pas uren later totaal overstuur was teruggevonden, enkel en alleen omdat een jongen tijdens het zoenen z'n handen op haar billen had gelegd.

Bovendien *wilde* Luus het liever niet geloven. Tot nu toe was ze zelf degene met de wildste avonturen op dit gebied en dat wilde ze eigenlijk zo houden.

'Maar hij is dus eerst met je buurvrouw naar bed geweest en daarna met jou?'

'Het was een beetje een vage jongen. Waarschijnlijk heeft hij een ongelukkige jeugd gehad. Dat denk ik eigenlijk, hij is vroeger vast misbruikt. Door z'n stiefvader of de meester van de zondagschool. Of nee, de pastoor natuurlijk, hij was vast katholiek.'

'Waarom dan?'

'Ik weet niet. Hij keek zo droevig. Niet alleen z'n ogen, z'n hele lijf eigenlijk. Van die treurige katholieke schouders ook. Op een gegeven moment wilde hij weten waaraan ik dacht. En dat was zo gek, ik dacht net aan mijn eerste poes, Floortje, die hebben we op een dag dood in de achtertuin gevonden, waarschijnlijk was ze vergiftigd. Ineens vroeg ik me af wat we eigenlijk met haar hoe heet dat hadden gedaan... haar kadaver. Dat is grappig.'

'Grappig?'

'Dat woord, daar kon ik toen ook niet meteen opkomen... maar ineens schoot het me te binnen en toen vroeg ik me af waarom er geen liever woord bestaat voor een poezenlijkje. Ik kan soms zo'n hekel hebben aan taal. Of aan bepaalde woorden in ieder geval. Kadaver. Taal is echt heel lelijk, veel lelijker dan je gedachten. Daar lag ik aan te denken.'

'Dus terwijl hij bezig was, dacht jij aan kattenlijkjes?' lachte Luus.

'Dat is niet normaal hè? Dat denk ik de laatste tijd wel vaker. Vinden jullie mij eigenlijk wel normaal?'

'Jawel,' suste Lot, 'je bent alleen snel aangeschoten.'

'Precies,' zei Lisanne, 'als jullie nou even helpen drogen, gaan we dadelijk gewoon lekker zwemmen.'

★

Een ketting van bleekblauwe kwallen markeerde tot hoe ver de vloed gekomen was, maar Wilco had weinig ontzag voor het dierenleven in de Noordzee. Hij schopte de glibberige klonten stuk voor stuk terug in de golven. Buitenkantje rechts of juist met links achter z'n standbeen langs. *Doevendans... nog steeds Doevendans, Doevendans haalt uit, Doevendans scoort!! Goeie genade, dat is er eentje om in te lijsten hoor, eerst die actie en dan die streep in de kruising.*

Zijn vader marcheerde voor hem uit, met z'n handen op z'n kromme rug en met de O-benen die Wilco van hem had geërfd. Wilco had ook dezelfde donkere ogen, maar verder leek hij nauwelijks op zijn vader. Hij miste diens Noord-Hollandse branie en leek veel meer op zijn Friese moeder. Hij had haar regelmatige trekken, haar atletische postuur en de vanzelfsprekende teint van generatieslang buitenleven. Hoe hij aan zijn krullen kwam wist niemand.

Vader en zoon hielden niet van wandelen, maar er was niets anders te doen op het eiland, dus waren ze na het eten naar de vuurtoren gelopen en vandaar het duin af naar het strand. Omdat Doevendans senior de pest had aan omkeren, moesten ze wel verder door het zand, tot de eerstvolgende duinovergang.

Geen van beiden had veel oog voor de schuimende koppen in de branding, de opgestapelde luchten daarboven, of het kolkende zand dat in voortdurend meanderende patronen neerdaalde in de luwtes achter schelpen, helmsprieten en aangespoelde stukken touw.

Doevendans senior boog zuidwaarts in de richting van een verlaten keet op wielen. Daarachter gloorde in de verte de bewoonde wereld: op het duin wapperden drie rafelige vlaggen boven een strandpaviljoen.

Toen ze halverwege de branding en de duinen waren, zag Wilco in de verte hoe vier meiden luid gillend van het duin naar beneden holden. Hij wist meteen wie het waren.

★

'Oké,' riep Lisanne nadat ook Lot gedoucht had, 'rondje!'

'Eerst een wijntje,' zei Luus. Ze haalde de aangebroken fles uit de koelkast en begon in te schenken.

'Jammer dat het nog te koud is om buiten te zitten,' zei Lisanne. 'Ik vind het altijd zo super om hier de sterrenhemel te zien. Je ziet er altijd veel meer dan op de wal.'

'De wal?' vroeg Lot.

'Zo noemen eilanders het vasteland.'

Luus had een trui aangetrokken, maar ze had het nog

steeds koud. Lisannes voorspelling dat ze na het zwemmen helemaal zouden gloeien bleek gelul. Ze stak een sigaret op en negeerde het vieze gezicht van Lot. Nu gloeide er tenminste iets.

'Oké,' zei Lisanne, 'wie begint? Wil jij je verhaal afmaken, Laan?'

Lana gaapte. 'Lana is moe. En eigenlijk heb ik alles al verteld. Laat mij maar luisteren.'

'Oké,' zei Lisanne, 'jij dan, Lot?'

'Mij best,' zei Lot. 'Nou, het nieuws is dus dat ik met m'n studie ben gestopt.'

'Dat *meen* je niet,' zei Lisanne geschokt, maar Lot keek eerder triomfantelijk dan verslagen. 'Joh, wat *afschuwelijk*.'

'Helemaal niet,' zei Lot, 'het lucht ontzettend op.'

'En je was er zo tevreden over.'

In eerste instantie wel, beaamde Lot, maar gaandeweg was ze zich steeds meer gaan ergeren aan de oppervlakkigheid, van zowel de studie als haar studiegenoten. 'Communicatie is een middel dat meestal door de verkeerde mensen wordt ingezet om de verkeerde doelen te bereiken.'

Het kon Luus nauwelijks boeien. Ze had steeds meer moeite gekregen met Lots voornemen om zich in te zetten voor een betere wereld, een neiging die in hun eindexamenjaar al bedenkelijke vormen had aangenomen, wat Luus betreft. Luus hield niet van politiek. Ze hield niet van principes en ze hield zeker niet van actievoeren. Lots toenemende drang om succesvolle ondernemers aan schandpalen te nagelen vond ze vermoeiend, irritant en vooral *zo* onvolwassen.

'Ik kan er nog niet over uit,' zei Lisanne. 'Het is toch zonde van je talenten en je capaciteiten? Jij kan juist zoveel.'

Ondertussen ontkurkte Luus bij het aanrecht een nieuwe fles wijn. Ze schonk bij en schoof weer aan tafel.

'Jautsch!' gilde ze, omdat een stekende pijn door de onderkant van haar linkerbovenbeen vlamde. Ze was er direct van overtuigd dat ze op een wesp was gaan zitten en inspecteerde haar broek en de zitting, maar vond niets dat leek op een dooie wesp. Dus stroopte ze haar broek omlaag en bekeek de getroffen plek. Een flinke houtsplinter stak nog een paar millimeter uit haar vel.

'Wacht maar,' zei Lisanne, die zich inmiddels over haar had ontfermd, 'ik pak even een pincet. Niet bewegen, anders verdwijnt hij misschien.'

Luus bleef inderdaad stokstijf staan tot Lisanne met een simpele beweging de splinter verwijderde.

'Opa houdt niet zo van afwerken,' zei Lisanne verontschuldigend. 'Hij is meer van de grote lijn.'

'Mag ik dan even een heel, heel dik kussen?' vroeg Luus.

Lisanne haalde het.

'Waar waren we?' vroeg ze vervolgens.

'Luus is,' zei Lot.

Luus inhaleerde diep en keek bedachtzaam naar de sigaret die ze net had opgestoken om van de schrik te bekomen. Fabio? Nee, geen Fabio. Te vers, te pijnlijk. In plaats daarvan begon ze over een eerdere affaire, over David, één van de Amerikanen die net als zij een jaartje Florence had gedaan.

'Voelde je je niet misbruikt?' vroeg Lot, nadat Luus verteld had hoe deze David pas bij het ontbijt had opgebiecht dat hij thuis in Orlando, Florida, een vriendinnetje had.

'Welnee,' zei Luus, 'waarom zou ik? Ik heb een zalige nacht gehad, hij had een behoorlijk repertoire.'

Ze keek Lot uitdagend aan, maar die deed er het zwijgen toe.

'Anyway,' zei Luus, 'finito, basta! Nou jij, San.'

Lisanne ging er eens goed voor zitten.

'Ik heb groot nieuws,' begon ze.

'Je bent preggy,' concludeerde Luus meteen.

'Preggy?'

'Sorry, pregnant. Hoe heet het, zwanger, in blijde verwachting.'

'Flauw,' zei Lisanne gekwetst, maar stak toen van wal. Hij heette Karel, maar dat wisten ze natuurlijk al. De grote verrassing was dat ze na de zomervakantie gingen samenwonen. Karels vader had een enig arbeidershuisje gekocht, dat ze de komende tijd gingen opknappen. En de dames zouden Karel trouwens te zien krijgen, want toevallig ging hij deze week met vrienden zeilen over de Wadden en daarbij zouden ze ook het eiland aandoen. Overmorgen misschien al.

Dus daarom was Lisanne zo gefixeerd geweest op het rondje, concludeerde Luus. Ze wilde pronken met haar Karel en met de aankondiging dat hij in aantocht was. Karel de Grote, the King of Pricks.

Op dat moment ging haar telefoon. Luus zette haar glas zo hard neer dat de wijn over de rand kolkte, maar ze liep snel door naar de slaapkamer.

Het was weer haar zus: wanneer Luus nou eindelijk eens antwoordde op de sms'jes die ze had gestuurd.

Een druilerige dinsdag

Omdat ze net van hem gedroomd had, verbaasde het Luus in eerste instantie niet dat ze de jongen van de aannemer aan het werk zag, toen ze ging kijken waar het hortende motorgeronk vandaan kwam dat haar had gewekt.

Ze had geen flauw idee van de tijd, maar het voelde alsof ze pas een uur of twee had geslapen. Na het rondje waren ze naar het dorp gegaan, naar de kroeg waar je ook kon dansen, maar daar was wat Luus betreft niet veel van gekomen, bij gebrek aan manspersonen die door haar beugel konden, hoewel ze zelf het idee had dat ze de lat noodgedwongen een stuk lager legde sinds haar terugkeer in Nederland. Om een uur of twee waren ze thuisgekomen, maar later in bed had Luus nog een tijd met Lana liggen fluisteren en net als vroeger ging het over Lisannes onvermogen om zich eens echt helemaal te laten gaan en Lots neiging om altijd alles ter discussie te stellen en daarbij haar particuliere mening tot universele waarheid te verheffen.

Daarna die rare droom. Luus was met Fabio in een museum dat leek op het Uffizi. Ze keken naar een schilderij, iets met ruiters en lansen en mannen met brede hoeden, en Fabio had haar gewezen op een figuur aan de zijkant van het tafereel, iemand die sterk op haar vader leek. Al in haar droom had ze zich afgevraagd hoe Fabio haar vader kende, maar voor ze dat te berde had kunnen brengen was Fabio in de aannemersjongen veranderd, waarna Luus in een onstuitbare huilbui was losgebarsten die haar bij het wakker worden nog beklemde, al had ze geen flauw idee waarom.

Toen ze vanaf het voeteneind van het stapelbed het rood-witgeblokte gordijntje een beetje openschoof zag ze zijn torso achter de haag die de tuin van hun huisje scheidde van die van de buren. Hij was net uit een klein graafmachientje gestapt en morrelde aan de grijper. Hij had inderdaad wel iets van een jonge Romeinse god, zag Luus.

'Welke idioot doet dat?' vroeg Lana in het bovenbed.

'Die jongen,' zei Luus, en ze keek gefascineerd hoe z'n spieren zich spanden onder het witte T-shirt. Michelangelo had er wel raad mee geweten.

'Welke jongen?'

Het drong niet tot Luus door, want ze had alleen oog voor de gestalte buiten. Het rare was dat hij veel groter en breder was dan Fabio, maar dat ze qua lichaamsbouw toch op elkaar leken. Ook hun achterhoofden zagen er hetzelfde uit.

'Welke jongen?' herhaalde Lana.

'Die van dat busje. Doevendans.'

Lana schoot in de lach. Een slaperig soort slappe Lana-lach.

'Doevendans? Waar heb je het over? Wat is in godsnaam een doevendans?'

Pas toen realiseerde Luus zich dat ze de naam die op het busje stond, kennelijk ergens in haar geheugen had opgeslagen en plompverloren had gereproduceerd. Doevendans & Zn.

'Wat voor weer is het?' vroeg Lana.

'Grijs,' zei Luus.

& Zn had zich half omgedraaid en keek haar kant op, maar leek haar niet te zien. Van voren leek hij een stuk minder op Fabio, want hij was toch echt veel knapper, al had hij wel een soortgelijke melancholie over zich.

'Grijs,' herhaalde Lana gapend. 'Grijs is de kleur van zieke konijnen.'

'Echt?'

'En van bedorven erwtensoep en gesmolten DNA-structuren.'

Ondertussen was & Zn weggelopen en Luus maakte zich los van het raam.

'Ik heb honger,' zei ze, maar ze zag op tegen het opstaan,

tegen het ontbijt en tegen weer een verloren dag op een eiland op meer dan tweeduizend kilometer afstand van de plek waar ze het liefst wilde zijn.

★

'Weet je wie ik laatst tegenkwam,' zei Lisanne, terwijl ze heet water op de koffie in het filter schonk, want Snuukt beschikte zelfs niet over een koffiezetapparaat. Inmiddels herinnerde Luus zich ook weer de verhalen over opa Hooghiemstra, de internationaal bekende strafrechtgeleerde, die na de dood van zijn vrouw steeds meer kluizenaarstrekjes was gaan vertonen. Hij leefde vrijwel uitsluitend op water en volkorenbrood, en was momenteel bezig aan een voettocht naar het Spaanse Santiago de Compostella, natuurlijk niet volgens het eeuwenoude, drukbelopen pelgrimspad, maar via een zelfbedachte route die hem door de onherbergzaamste streken van Frankrijk voerde.

'Dian!'

'Dian?' vroeg Luus. Haar hoofdpijn werd erger.

'Jawel, Dian van Wingerden.'

'O die Dian.'

'Odiedian,' zei Lana. 'Zo ga ik m'n dochter noemen. Of m'n zoon, het zou ook best een jongensnaam kunnen zijn. Of een kerstliedje. Odiedian, Odiedian, wat zijn je takken spic en span. Als ik tenminste ooit dinges word, hoe zei je dat ook maar weer? Preggy...'

Ze schoot in haar onnavolgbare Lana-gniffel, waarbij ze vrijwel geluidloos schokschouderde en ook haar neusvleugels ritmisch op en neer veerden.

'Waar kwam je haar tegen?' vroeg Lot.

'In de trein. Weet je wat ze tegenwoordig doet? Dat raad je nooit.'

'Stewardess,' zei Lana.

'Hoe weet je dat?' vroeg Lisanne verbouwereerd. 'Heb je haar ook gezien?'

'Nee, maar dat is echt iets voor haar.'

'Maar het mooiste komt nog,' gnuifde Lisanne, 'ze is nog steeds met Didier.'

'Didier?!' zei Luus. 'Dat *meen* je niet!'

'Didier,' zei Lot, 'dat was toch die jongen die eerst de havo heeft gedaan?'

'O die Didier,' neuriede Lana, 'Odididjee, odididjee, wat zijn je takken hupsakee. Hij deed me altijd aan leverworst denken.'

'Hij doet iets technisch,' zei Lisanne, 'en ze hebben een etage in Amstelveen. Zo te horen hebben ze het goed voor elkaar.'

'Was zijn vader niet iets hoogs bij Shell?' vroeg Lot.

'Nee, DSM.'

'Jij hebt toch ook iets met hem gehad, Luus?'

'Dat was al in de tweede. Of misschien wel in de brugklas. Toen was hij nog best aardig.'

'In de brugklas was ik jaloers op Dian,' zei Lana, 'ik had nog nooit zo'n mooi meisje gezien. Zo wilde ik ook zijn. Ik heb zelfs een tijdje dezelfde kleren gedragen als zij, dezelfde kleuren dan. Elke dag, wel twee of drie weken lang, maar het hielp niet. Ze had trouwens ook iedere dag andere kleren aan, dus ik liep altijd een dag achter, ik was eigenlijk een soort echo.'

'Ze had zo'n lelijke neus,' zei Luus.

'Die vond ik juist prachtig,' zei Lana, 'zo aristocratisch. Ik heb maanden gedacht dat ze van adel was. Maf hè?'

'Weet je wat ze ook vertelde,' vervolgde Lisanne, 'over Laura Gietelink, ken je die nog?'

'Die met die kleine oogjes en bloemkooloren?' zei Luus.

'Precies. Die is al moeder! Die heeft een kindje.'

'Dat verbaast me niks,' zei Luus, 'dat was echt zo'n broeds type.'

'Ze is toch even oud als wij,' zei Lana.

'Je moet het maar durven,' zei Lot.

'Wat?'

'Om in deze situatie een kind op de wereld te zetten.'

'Daar denkt ze helemaal niet over na,' zei Luus. 'Laura was altijd al van huisje-boompje-beestje.'

'Nou, het ligt iets ingewikkelder,' zei Lisanne. 'De vader is Turks en ze is bezig islamitisch te worden.'

'Islamitisch?' zei Luus. 'Wat een muts.'

'Dat kan toch,' zei Lot. 'Dat is een hele normale religie hoor. De gemiddelde moskee is vrouwvriendelijker dan een zwartekousenkerk.'

Oeps, dacht Luus, attenzione, want op dit uur van de dag had ze absoluut geen zin in een ingewikkelde discussie met Lot.

'We moeten nog extra brood halen voor de lunch,' zei Lisanne.

★

Buiten kwam het Luus voor alsof de wolkenmassa nog net op de boomtoppen balanceerde, maar ieder moment naar beneden kon vallen. De lucht voelde koud en klam als op een bergpas, maar daar kon je door simpelweg af te dalen meestal de zon weer opzoeken. O, de bergen! De golvende heuvels van Toscane, cipressen als obelisken, eeuwenoude olijfbomen, wijngaarden, warmte, licht, Fabio!

Ze stapte op de fiets en reed het pad af.

Toen ze de asfaltweg opdraaide, begon het te motregenen. Natuurlijk had ze wind tegen en natuurlijk ging het steeds harder regenen – nee, niet harder, maar meer, meer druppels, steeds meer kleine druppeltjes die haar jas en haar broek bespikkelden tot die doorweekt aan haar bovenbeen kleefde.

Welkom op de Wadden.

Zo kon ze geen boodschappen doen, besloot Luus en ze stalde de fiets in een rek voor Hotel Sibelius. Ze fatsoeneerde de natte slierten die voor haar gezicht hingen en ging naar binnen. Het interieur viel niet eens tegen, ze hadden in ieder geval hun best gedaan om er een Grand-Caféachtig iets van te maken.

Ze ging aan het raam zitten, in een rieten stoel aan een klein rond tafeltje. Ze deed haar schoenen uit en zette ze rechtop tegen de verwarming, zodat de binnenkant kon drogen.

Ondertussen probeerde ze zich de titel te herinneren van het boek dat Fabio haar had aangeraden. Over een Amerikaans zendelingengezin met vier dochters, dat werd uitgezonden naar Afrika en midden in de rimboe probeerde te overleven. Als ze dat zou lezen, zou ze misschien iets meer van de problemen daar begrijpen, had Fabio gezegd, maar ze kon zich niet meer herinneren hoe het heette. Feitelijk deed het er ook niet meer toe.

'Een espresso graag,' zei ze tegen het meisje dat zich met een vragende blik aan haar tafeltje meldde.

'Iets erbij misschien?'

'Ach, doe ook maar,' zei Luus, 'hebben jullie iets anders dan appeltaart?'

'Walnotengebak,' zei het meisje.

'Prima,' zei Luus.

Buiten werd het steeds donkerder, de straatlantaarns gingen zelfs aan.

Anderzijds, dacht ze ineens, anderzijds was Afrika alles beter dan dit miezerige klimaat. Natuurlijk kon het daar ook behoorlijk regenen, maar koud was het er in ieder geval niet. Misschien moest ze toch Lisanne vragen waar de bibliotheek hier was, misschien kon ze via het trefwoord 'Afrika' Fabio's boek alsnog achterhalen.

Op straat werd het ineens drukker. Vlak na elkaar passeerden drie bussen, waarvan de laatste pal voor het hotel halthield. Daarachter stopte bovendien een ouderwetse bus, een antiek vehikel met de naam van het hotel erop. De deuren gingen open en de chauffeur, in een rood uniform, hielp een oudere dame uitstappen. Na haar volgden nog meer gasten die zich ijlings het hotel in spoedden.

Toen stopte er een taxi.

Er stapte een man uit en Luus zag meteen dat het niet zomaar een man was. Het was een man van de wereld, een man met flair, met zelfvertrouwen, een man die weet waarom hij geslaagd is in het leven.

Hij betaalde de chauffeur en kwam op de ingang af.

Luus veerde op.

Hoe hij het leren gordijn opzij duwde, de jongen achter de bar begroette – kennelijk kwam hij hier vaker –, een dubbele espresso bestelde met een jonge jenever, hoe hij ging zitten, met twee handen z'n haar naar achteren golfde en zich zonder verder iemand een blik waardig te keuren verdiepte in de krant die hij van de leestafel had gegrist: hij was een vakman. Dat hij z'n koffie eerder kreeg dan zij de hare, verbaasde Luus niet in het minst.

Interessant, concludeerde Luus, buitengewoon interessant. Vooral ook omdat hij de goeie maten had: niet te groot, niet te slank, meer het type levensgenieter dan atleet. Veel kleine krulletjes rond een gezicht dat eerder guitig was dan knap. Ook z'n leeftijd leek aantrekkelijk: halverwege de dertig, schatte Luus.

Ze kuchte en hij keek op. Ze ving zijn blik, hield hem even vast, precies zo lang als haar instinct vond dat nodig was.

Daarna hoefde ze alleen nog maar te wachten.

Ze staarde naar buiten en in de spiegelende ruit hield ze de dobber in de gaten.

Hij keek weer even op, ze reageerde niet.

Terwijl ze de helft van haar stuk taart at, keek hij nog drie keer, maar ze hield vol.

Hij trok z'n jas aan, liep naar de bar om af te rekenen en passeerde haar rakelings.

Beet, dacht Luus, intens tevreden. Ze was het nog niet verleerd.

★

'Waar bleef je nou?' vroeg Lisanne.

'Ik wilde even opdrogen,' zei Luus, 'ik *haat* dit kutweer.'

'We moeten misschien even overleggen over de rest van het programma vandaag,' zei Lisanne. 'Ik had eigenlijk de gewone eilanddingen willen doen, maar dat is een beetje lastig zolang het niet opklaart. Maar we kunnen vanmiddag wel naar het Natuurmuseum. Daar vlakbij is ook nog een galerietje, dat is voor jou wel interessant Luus, daar hebben ze soms best aardige dingetjes.'

'Leuk,' zei Luus, 'als ik maar eerst een middagdutje kan doen. Ik ben nog zo brak.'

Maar toen ze na de lunch op haar slaapkamer kwam en de gordijnen dicht wilde doen, geloofde ze haar ogen niet. Toch was het hem, onmiskenbaar. Met z'n drieën stonden ze te overleggen aan de rand van de vers gegraven sleuf, druk en belangrijk als generaals op het slagveld.

De vader deed het woord, de zoon luisterde, de man knikte en merkte af en toe iets op, waarop de vader weer driftig begon te gebaren.

'Waar kijk je naar?' vroeg Lana.

'Wat?'

'Laat maar,' zei Lana, 'ik ruik het al.'

★

Zelden had Wilco scherpe oordelen over zijn medemens en roddelen was hem vreemd. Dat was meer een kwestie van onverschilligheid dan van principe, hij kwam gewoon niet op het idee. Het maakte hem weinig uit wat anderen zeiden en deden.

Alleen voor patsers maakte hij een uitzondering.

Hugo Hondius van Leeuwen was zo'n patser.

'We hadden toch afgesproken dat hier die kast zou komen met de verwarmingsketel,' zei Hugo Hondius.

Doevendans senior begon omstandig uit te leggen waarom dat in de gegeven omstandigheden toch niet handig was en dat architecten wel vaker oplossingen bedachten die op papier wel aardig leken maar in praktijk onuitvoerbaar waren.

Wilco luisterde maar half en keek naar het achterhoofd van Hugo Hondius, naar het gebruinde plekje tussen de grijzende krullen, ongeveer even groot als de kop van de klauwhamer die Wilco in z'n handen had. Hij merkte niet dat zweet uit z'n vingers in de gaatjes van het rubberen handvat rond de steel drong, terwijl hij de hamerkop met ritmische klapjes in de palm van zijn andere hand liet ploffen.

★

'Wie is die man van hiernaast eigenlijk?' vroeg Luus.

Lisanne wist het niet precies. De vorige eigenaar hadden ze goed gekend, maar van de nieuwe wisten ze alleen dat hij de halve middenstand op het eiland tegen zich in het harnas had gejaagd door z'n eigen aannemer mee te nemen voor het onderhoud van het huis. Dat had bovendien tot een oorlog tussen de beddenverhuurders geleid, want niemand had de twee bouwvakkers van de wal onderdak willen bieden, behalve natuurlijk het net gerenoveerde hotel, waar hij kind aan huis scheen te zijn.

'Hij moet puissant rijk zijn,' besloot Lisanne, 'maar niemand weet precies wat hij doet.'

Dat maakte hem voor Luus alleen maar interessanter.

'Volgens mij klaart het op,' zei Lisanne. 'Zullen we dadelijk naar het Natuurmuseum gaan?'

'Ik heb eigenlijk niet zo'n zin,' zei Luus.

'Waarom niet?'

Luus wilde iets zeggen, maar Lana was haar voor.

'Je loopt hier de kamer uit,' legde ze Lisanne uit, 'dan ga je die donkerblauwe deur door, dan kom je in een kamertje. Je loopt langs het stapelbed naar het raam. Je schuift het gordijntje wat opzij en je kijkt naar buiten. Dan zie je drie mannen. De oudste is te oud, de middelste eigenlijk ook maar

32

die is rijk, en de jongste een lekker ding. Snappez-vous?'
Luus lachte zelf het hardst en ontkende het niet.

'Ga nou mee,' zei Lisanne.

'We hoeven toch niet de hele week alles samen te doen?' zei Luus.

'Niet de hele week. Maar we zien elkaar al zo weinig. En ik vind het ook gewoon leuk als je meegaat.'

'Oké,' zei Luus, want ineens bedacht ze dat ze dan ook wel even langs de bibliotheek konden gaan.

★

'Hier, je yogho,' zei Doevendans senior.

Zwijgend pakte Wilco het pak aan. Ze zaten op een stapel hout en staarden ieder voor zich naar het huis aan de andere kant van de heg. Het was opgetrokken in de stijl van een traditionele eilandwoning: gele baksteen met donkere, glimmende pannen. Maar Wilco dacht aan de training die hij zou mislopen. En vooral aan het toernooi van aanstaande zaterdag, want ook dat zou aan z'n neus voorbijgaan, enkel en alleen omdat die patser haast had en ze het weekend gewoon door moesten werken. In Antwerpen had hij internationale ervaring op kunnen doen en dat telde. Hij rekende nog steeds op een plaats in de selectie voor het eerste en die plaats was hem in feite ook toegezegd, maar honderd procent zeker was het niet. Als Mitchell, zijn vervanger, het goed deed op dat toernooi, was er een kans dat Wilco volgend seizoen gewoon in de A1 bleef.

De deur van het buurhuis ging open en de langste van de vier kwam als eerste naar buiten. Ze groette niet. De tweede wel.

Zij was het. Ze had weer dat strakke zwarte rokje aan, maar nu met een kort geel jasje erboven.

'Eet smakelijk,' riep ze.

'Ook zo,' zei Doevendans senior met z'n mond vol.

Wilco zei niks, maar z'n autonome zenuwstelsel reageerde des te alerter.

33

'Zeg ook eens wat,' zei Doevendans en stootte Wilco aan.

'Ook zo,' mompelde Wilco.

'Wat maken jullie eigenlijk?' vroeg ze.

Dat ze Luus heette zou Wilco overigens pas later horen en dat Luus een afkorting was van Lucia-Ellen helemaal nooit.

'Van alles,' zei Doevendans senior, 'bijkeuken, serre, nieuwe keuken, de hele mikmak.'

'Beginnen jullie altijd zo vroeg?'

'Vroeg? We waren laat vanochtend. Morgen beginnen we om half zes!'

'Dat meen je niet!'

'Maar als je het vriendelijk vraagt zal ik er niet bij zingen,' zei Doevendans senior.

'Als jullie echt zo vroeg beginnen ga ik met dingen gooien!' zei ze. 'Dan sta ik niet voor mezelf in.'

'Als ik een paar jaar jonger was, wist ik het wel,' zei Doevendans senior tegen Wilco, terwijl ze keken hoe de dames wegfietsten.

Van voren een paar flinke koplampen en van achteren stevige batterijen, dacht Wilco.

'Van voren een paar flinke koplampen en van achteren stevige batterijen,' zei Doevendans senior.

Daar heb je een hele nacht plezier van, dacht Wilco.

'Daar heb je een hele nacht plezier van,' zei Doevendans senior en spuugde tevreden een fluim in de rozenstruiken.

★

Toen ze op weg waren naar het dorp begon het weer te regenen, eerst zachtjes maar al gauw werd het een volwassen bui. Natuurlijk was er nergens een plek om te schuilen: geen boom, geen afdak, geen kapelletje, alleen een kale berm. Luus, achterop bij Lot, huiverde, vanwege de druppels die van de weg tegen haar kuiten spatten, vanwege het troosteloze landschap van platgeregend gras en kromge-

34

waaide struiken, vanwege de twee trekpaarden die in de hoek van een weiland verloren tegen het prikkeldraad stonden, en vanwege de flarden natte lucht daarboven.

'Lekker fris,' riep Lot achterom.

Che faie Fabio, dacht Luus, *wat doe je, waar ben je?*

De schrik sloeg haar om het hart. Stel dat hij voet bij stuk zou houden – en die kans was groot want zo was hij –, stel dat hij uiteindelijk niet bij zou draaien, stel dat hij echt niet gewoon huisarts wilde worden in een gezellig Toscaans stadje, maar per se naar Afrika wilde, *dan zou ze hem nooit meer zien.*

Niet eerder had die conclusie zich zo onherroepelijk opgedrongen. Als ze niet wilde dat het voorbij was, zou ze zelf iets moeten ondernemen.

'Er gaat toch niets boven de kracht van de elementen,' jubelde Lot. 'Wind en water, heerlijk! Stel je voor dat je eerst uren in de file staat en de rest van de dag op een kantoor zit waar geen raam open kan.'

'Fiets nou maar door!' gilde Luus tegen de wind in, want ineens had ze haast. De tijd drong en ze moest iets doen. Maar wat? Om te beginnen het boek lezen dat hij haar had aangeraden.

De bibliotheek bleek die dag gesloten en teleurgesteld zette Luus koers naar het Natuurmuseum. De opgezette dieren, de maquette die de gevolgen van eb en vloed demonstreerde, het klankbeeld van een zomerdag in het vogelreservaat, het zei haar allemaal niets. Ook later in het nabijgelegen café waar ze volgens Lisanne absoluut naar binnen moesten omdat het vroeger als onderkomen voor de reddingsboot had gediend, was ze in gedachten in Florence. *Firenze!*

'Wat heb je toch?' vroeg Lisanne.

'Wat?'

'Je bent zo afwezig.'

'Eet je wel goed?' lachte Lana. 'Of slik je pillen?'

Op dat moment stond Luus op het punt haar hart te luchten en het hele verhaal te vertellen, maar uiteindelijk zag ze te veel op tegen de discussie die onvermijdelijk zou volgen. Lot zou het meteen voor Fabio opnemen, dat wist ze zeker.

'Ik weet het al,' zei Lana, 'je bent zelf zwanger, maar je weet niet van wie.'

Was het maar zo simpel, dacht Luus.

Toen ging Lisannes telefoon. Het was haar Karel, die vertelde dat hij vanwege het beroerde weer vandaag nog niet kon komen, maar de voorspelling was goed. In de loop van de week zou het droog worden en in het weekend zomers, in het binnenland misschien zelfs tropisch.

'Tropisch?' zei Luus sarcastisch en ze knikte demonstratief naar het raam, waarna de anderen zich omdraaiden en ook zagen hoe de regen als een plakkaat van water tegen de ruit kleefde.

★

Op de rand van z'n bed trok Wilco z'n sportschoenen aan. In tegenstelling tot de rest van z'n elftal had hij geen hekel aan hardlopen. Als enige zag hij ook niet op tegen de run door het bos waarmee de trainer ieder seizoen begon. Wilco eindigde meestal in de middenmoot, want hij was te zwaar gebouwd om snel te zijn, maar als hij eenmaal op stoom was, kon hij het uren volhouden. Los daarvan leek hardlopen nu de enige mogelijkheid om z'n conditie op peil te houden, afgezien van de push-ups waarmee hij iedere dag begon.

Hij keek nog eens op de kaart van het eiland die hij in de la van het bureau had gevonden en probeerde de route die hij had uitgestippeld in z'n hoofd te prenten. Hij overwoog de kaart toch maar mee te nemen, ergens onder z'n shirt, want leren was nooit z'n sterkste kant geweest. Anderzijds kon het niet al te ingewikkeld zijn: eerst naar de Noordzee, dan een eind langs het strand en via de duinen terug naar het hotel. Een kilometer of tien. Morgen twaalf, overmorgen vijftien.

Slechts gehuld in een hemdje en een korte broek ging hij de gang op. Beneden wilde hij ongemerkt z'n sleutel op de balie leggen, maar het meisje van de receptie hoorde het en keek op.

'Ga je rennen?' vroeg ze.

Hij was er nog steeds niet aan gewend. Hij wist zo langzamerhand wel dat hij bij vrouwen in de smaak viel, maar nooit had hij in werkelijkheid de laconieke reactie paraat die daar eigenlijk bij hoorde.

'Doe je dat vaak?' vroeg ze.

'Soms,' zei hij, zonder te merken dat juist die nurkse verlegenheid hem onweerstaanbaar maakte. Wel dacht hij dat hij haar gezicht eerder had gezien. Op de boot?

'Ik loop liever 's ochtends,' zei ze, maar Wilco reageerde niet. Dat was ook precies de reden waarom zijn eerste en enige verkering het had uitgemaakt: hij was niet in staat tot simpele huis-tuin-en-keukengesprekken. Ook de woorden van het meisje achter de balie nam hij voor kennisgeving aan, alsof ze uit de mond van een nieuwslezer kwamen en een reactie dus overbodig was.

'Heb je het niet koud zo?' vroeg ze.

'Neuh,' zei hij. Zich losmaken kon hij niet, want hij voelde wel aan dat er iets van hem werd verwacht.

'Je loopt natuurlijk veel harder dan ik,' zei ze, 'dan krijg je het natuurlijk ook warmer.'

'Ja,' zei Wilco.

'Waarom ontbijten jullie trouwens niet hier?'

'We eten op het werk.'

'Vind je het eten hier niet lekker?' vroeg ze lachend.

'Jawel,' zei Wilco, 'maar het kost te veel tijd, dan moeten we nog eerder op.'

'Dus daarom kun je niet 's ochtends lopen,' zei het meisje, terwijl ze de sleutel pakte en op het bord hing.

Ook dat begreep Wilco nooit: in het begin liepen ze over van belangstelling en dan ineens was het afgelopen. Volgens zijn teamgenoten was dat veroveringstactiek, een vast patroon van uitdagen en afhouden dat er nu eenmaal bij hoorde. Aan die kleedkamerwijsheid klampte hij zich vast, hoewel hij nog steeds niet begreep waarom die wijven niet gewoon zeiden wat ze wilden.

'Nou, loop ze,' zei ze nog, maar haar laatste glimlach was gemaakt en overdreven, vond Wilco. Zodoende begon hij geïrriteerd en ontevreden over zichzelf aan z'n duurloop en dat werd alleen maar erger toen hij langs een sportveld kwam, waar jochies van een jaar of twaalf luidruchtig aan het voetballen waren. Over een schelpenpad rende hij naar het strand en pas daar kon hij zijn ergernis kwijt.

'*Ga je rennen?*'

'*Nee, poffertjes bakken en ik ben bang voor spetters op m'n nette kleren.*'

Zoiets zou z'n vader hebben gezegd, maar daarvoor was het nu dus te laat.

'Kankerzooi!' schreeuwde Wilco tegen de bulderende branding.

★

'Hoe is het nu met je moeder?' vroeg Lisanne na het eten.

Luus zuchtte, vooral omdat ze weer was vergeten om haar zus een berichtje te sturen. Haar zus maakte zich voortdurend zorgen over hun moeder, die nog steeds gebukt ging onder het plotselinge vertrek van haar echtgenoot. Op een dag had hij plompverloren aangekondigd dat hij ging verhuizen, niet omdat hij een ander had, maar omdat hij ongelukkig was, al jaren. Nooit eerder had hij daarover gerept, nooit eerder was het iemand opgevallen. Aanvankelijk was Luus woedend geweest en samen met haar zus had ze hem de huid vol gescholden: dat hij het niet kon maken, dat hun moeder haar carrière had opgeofferd voor de zijne, dat ze toch eerst in therapie konden gaan om zodoende hun huwelijk bij te stellen en dingen te veranderen die hem niet zinden, dat het krankzinnig was om jarenlang mooi weer te spelen en dan opeens iedereen voor een voldongen feit te stellen. Maar hij had voet bij stuk gehouden en zijn intrek genomen in het huis van een vriend die een zolderetage over had. Nog geen halfjaar later bleek er wel degelijk een nieuwe vriendin te zijn: een longarts die hij al jaren kende uit het ziekenhuis. Ineens was de vonk overgeslagen, zei hij, maar niemand die het geloofde.

Inmiddels was Luus ervan overtuigd dat het was gegaan zoals haar vader had gezegd – maar niet alleen daarom had ze hem vergeven. Ze was al een paar keer op bezoek geweest in het huis dat hij en de longarts samen hadden gekocht en ze moest toegeven dat haar vader enorm was opgebloeid. Hij maakte weer muziek, hij roeide weer, en een etentje bij hem en zijn Carla leidde altijd tot urenlange gezelligheid. Dus als puntje bij paaltje kwam, vond Luus, pasten die twee beter bij elkaar dan haar vader en moeder ooit hadden gedaan.

De stemming in het ouderlijk huis was daarentegen onveranderd somber. Haar moeder had wel overwogen om weer voor de klas te gaan staan en er waren ook banen te over voor een docente Frans, maar ze had nooit genoeg fut gehad om daadwerkelijk te solliciteren. Haar probleem was dat ze eigenlijk nooit echt op eigen benen had hoeven staan; daar waren Luus en haar zus het over eens. Hun ouders hadden elkaar tijdens de studentenintroductie in Leiden leren kennen en sindsdien waren ze gezamenlijk door het leven gegaan. Naar eigen zeggen had hun moeder nooit eerder een vriendje gehad en eerlijk gezegd vond Luus dat even onvoorstelbaar als onvergeeflijk. Het zou haar in ieder geval niet overkomen.

'Eigenlijk is ze nog steeds in de rouw,' zei Luus. 'Ze glijdt eerder verder af dan dat ze opkrabbelt.'

'En is je vader nog steeds met die jonge blom?' vroeg Lana.

'Ze is niet jong,' zei Luus, 'ze zijn precies even oud. Nou ja, ik geloof dat zij twee uur ouder is of zo.'

'Zijn ze op dezelfde dag jarig?' vroeg Lisanne ongelovig.

'Ja, maf hè. Maar je ziet het meteen: ze voelen elkaar heel goed aan.'

'Toch vind ik het laf,' zei Lot ineens.

'Laf?'

'Van je vader. Hoe je het ook wendt of keert: het is toch een kutstreek.'

Luus antwoordde niet meteen. Het was de oeverloze discussie die ze met haar zus al zo vaak had gevoerd, want ook haar zus koos partij voor hun moeder. Ze weigerde stelselmatig hun vader op te zoeken in z'n nieuwe huis.

'Weet je wat het is?' zei Luus. 'Mijn moeder was toch al niet erg gelukkig, terwijl m'n vader nu wel helemaal in z'n element is. Dus per saldo is de totale hoeveelheid levensgeluk toegenomen.'

'Ja, doei!' zei Lot meteen. 'Zo kun je alles goedpraten.'

'Wat dan?'

'Dan kun je ook zeggen...' begon Lot, maar kennelijk was de argumentatie toch niet zo voor de hand liggend, want ze haperde en zocht naar een passend voorbeeld.

'Mijn vader probeert gewoon wat van het leven te maken,' zei Luus snel, 'en mijn moeder niet. Dat is het hele verschil.'

'Maar ondertussen heeft hij wel geprofiteerd van het feit dat je moeder zich jarenlang heeft opgeofferd,' zei Lot.

'Tja,' zei Luus, 'eigen schuld. Dat had ze dan niet moeten doen.'

★

Midden in de nacht moest Luus plassen, maar om de anderen niet wakker te maken liep ze op de tast naar het toilet. Ze was vergeten waar het lichtknopje zat, voelde daarom langs de tegels en stootte met haar voet tegen stekels. Omdat ze zich onmiddellijk herinnerde dat Lisanne de vorige avond had staan jubelen over een egel in de tuin, gaf ze zowel een trap als een gil, maar toen ze het plastic geluid hoorde waarmee de pleeborstelhouder over de vloer kletterde, begreep ze dat het loos alarm was.

Uiteindelijk vond ze de schakelaar. Het idee dat haar blote tenen de borstel hadden beroerd, deed haar bijna kokhalzen. Ze twijfelde of ze haar voet in de wastafel zou wassen of dat ze een complete douche moest nemen. Uiteindelijk pakte ze een washandje, zeepte het overvloedig in en begon kootje voor kootje haar tenen te boenen, tot ze het gevoel had dat ze het vel van het vlees schraapte. Moeizaam balancerend spoelde ze haar voet af onder de koude kraan, maar nog steeds voelde ze zich vies en gekrenkt. Dat werd er niet beter op toen ze, nadat ze haar voet had afgedroogd en warm gewreven, in de spiegel keek. Een paar dagen Nederlandse zomer hadden het bruin van een hele *primavera* weten te verbleken. Haar grootste trots, de natuurlijke blos op haar hoge jukbeenderen, was al even spoorloos. Wat restte waren wallen en een neus die rood glom alsof ze tien kilometer door de vrieskou had gefietst. En kon een onderkin zich daadwerkelijk binnen vierentwintig uur verdubbelen?

Ondenkbaar dat iemand haar ooit nog zou begeren. Ze had Fabio nooit moeten laten gaan, nu zou ze voor de rest van haar leven alleen blijven.

Een halfbewolkte woensdag

Wilco stuurde de bus over de nog lege wegen van het dorp. Rond het middaguur was het hier een gekkenhuis van slingerende fietsers en volgeladen bolderkarren, maar nu was er nog vrijwel niemand op straat.

Senior liet zijn zoon zo veel mogelijk rijden. Twee maanden geleden had Wilco z'n rijbewijs gehaald, in één keer en binnen drie maanden na z'n achttiende verjaardag. Wilco reed graag en het ging hem makkelijk af.

Vanuit een zijweg naderde de agent te paard die ze al eerder in het dorp hadden gezien.

Die lul die erop zit had eronder moeten hangen.

'Die lul die erop zit had eronder moeten hangen,' zei z'n vader.

Weet je wat de overeenkomst is tussen een diender en een schoonmoeder?

'Weet je wat de overeenkomst is tussen een diender en een schoonmoeder? Ze kunnen maar drie dingen: zeuren, zaniken en zeiken.'

'Verzin eens een nieuwe,' zei Wilco, terwijl hij soepel naar z'n drie schakelde en in de spiegel zag dat de agent de weg overstak.

'Waarom? Het is toch zo?'

★

'Wie heeft dit weggegooid?' vroeg Lot, doelend op het glazen potje dat ze uit de vuilnisbak had gevist, toen ze de verpakking van een rol beschuit wilde weggooien.

Ik, wilde Luus zeggen, maar ze moest hartgrondig haar keel schrapen voor er geluid uit kwam.

'Waarom?' vroeg Lot.

'Omdat het leeg was natuurlijk,' zei Luus.

'Leeg? Er zit nog een hele laag in!'

'Neem jij het dan maar, als je zo van uitgedroogde pinda-kaas houdt.'

'Dan doe je er toch gewoon wat olie bij. En los daarvan: je gooit toch geen glas bij het gewone afval.'

Kut, dacht Luus. Nederlandse schraapzucht. Nederlandse bemoeizucht. Nederlandse betweterigheid. Het was allemaal te miezerig voor woorden.

'Heb je verder wel lekker geslapen, Lot?' vroeg ze.

'Hoezo? Ik mag toch wel zeggen wat ik vind!'

'Welja joh, zeg jij maar gewoon lekker wat je vindt. Mag ik ondertussen de koffie?'

Maar eigenlijk had Luus alleen nog zin om weer in bed te duiken en er pas uit te komen als de beloofde opklaringen het noorden inderdaad hadden bereikt. Vooralsnog was het net zo kil en somber als de voorgaande dagen.

'Jezus,' zei Lot, 'kun je nog steeds niet tegen kritiek?'

'Ik kan prima tegen kritiek, maar dat gezeur over glazen potjes noem ik geen kritiek. Sorry hoor, in ieder ander land dan Nederland begrijpen ze echt niet waar je het over hebt. Heb jij in Rome of Barcelona of Buenos Aires, of weet ik waar, ooit een glasbak gezien?'

'Ik ben natuurlijk niet zo bereisd als jij, maar toevallig heb ik ze in Florence wel gezien.'

'In Florence?'

'In Florence, ja.'

'Wat weet jij van Florence?'

'Daar was ik in november.'

'Hoezo? Wat moest jij in Florence?'

'Daar was een grote demo tegen globalisering.'

'Waarom ben je dan niet even langs geweest?' vroeg Luus gepikeerd, vooral ook omdat niemand van haar vriendinnen ooit op bezoek was geweest, ondanks alle beloften vooraf.

Ze had, zei Lot, wel een paar keer gebeld, maar er was iets

met haar mobieltje, dat deed het niet goed in het buitenland, ze had de halve tijd geen bereik gehad.

'Dan had je toch gewoon even op de bonnefooi kunnen langs wippen.'

Lot aarzelde. 'Ik had je adres ook niet bij me,' zei ze toen. 'En we waren trouwens met een hele groep.'

'O, zeg dat dan meteen,' zei Luus, 'je durfde je activistische vriendjes natuurlijk niet te laten zien met wat voor rechtse types jij je vroeger inliet.'

Lot aarzelde weer, en net iets te lang om nog geloofwaardig te zijn.

'Daar gaat het helemaal niet om. Ik had je best willen zien, maar het kwam er gewoon niet van.'

Stilte.

Ik zeg niks, dacht Luus verbeten.

Lisanne schuifelde zenuwachtig op haar stoel.

'Ik had het wel continu in m'n hoofd,' zei Lisanne schuldbewust, 'maar de propedeuse is zo zwaar.'

Zak er maar in, dacht Luus, maar haar nieuwsgierigheid won het. 'Waar zat je dan in Florence?' vroeg ze.

'Bij een kennis van een vriend,' zei Lot.

'Maar *waar* dan? Noord, oost, zuid, west?'

'Ergens in een voorstad. Richting Fiesole.'

'Fiesole? Echt? Fiesole, dat is mijn favoriete uitstapje,' en Luus begon onmiddellijk aan een ode op het kleine Etruskische stadje op de top van een van de heuvels die Florence omringen. Zo raakte de druk van de ketel, maar later in hun slaapkamer, toen Lisanne onder de douche stond en Lot naar het dorp liep om een krant te halen, kwam Lana erop terug.

'Dat ging weer lekker ouderwets,' zei ze. 'Dat kan nog leuk worden.'

Luus herhaalde nog eens wat iedereen allang wist. Dat Lot soms wel gelijk had, maar dat ze niet tegen Lots eigenwijze manier van praten kon, laat staan tegen de afkeurende oordelen die daar vaak in opgesloten lagen.

'Al dat negatieve,' besloot ze, 'dat is toch zonde van je energie.'

De diepere oorzaak verzweeg Luus. In feite beschouwde ze Lot nog altijd als haar enige concurrent. Lisanne was te knokig en te ouwelijk. Lana was te ongrijpbaar, te vluchtig en bovendien had ze O-benen. Lot was qua gezicht weliswaar niet *heel* knap en ze sliste ook een beetje, maar ze had wel de ideale maten en als ze ooit haar wijde truien en snitloze broeken zou verruilen voor *kleding*, zou ze tamelijk fataal zijn, vreesde Luus.

'Wat ik niet begrijp,' zei Lana, 'is waarom mensen altijd op uitersten vallen.'

'Hoe bedoel je?'

'Op hun tegenpolen of juist op hun, hoe noem je dat, medepolen? Neem nou die jongen...'

En inderdaad, hij was er weer, zag Luus. Hij was druk bezig met een lang ijzeren geval, dat hij langs een verticale plank hield. Ze ging nog iets dichter bij het raam staan en schoof de vitrage opzij.

'Hoe oud zou hij eigenlijk zijn?' vroeg ze.

'Zeventien, achttien,' schatte Lana, 'jonger dan wij in ieder geval.'

'Denk je? Volgens mij is hij ouder.'

'Dat zou je wel willen.'

Luus bekeek hem nog eens van top tot teen.

'Weet je wat het is?' zei ze. 'Ik voel me net een headhunter, of een talentenjager die een megaster heeft ontdekt. Ik bedoel: ik hoef hem niet speciaal voor mezelf, maar ik zou eigenlijk de hele wereld willen laten zien wat een hunk hier zomaar vrij rondloopt.'

Hij keek even hun kant op en in een reflex liet ze de vitrage terugvallen. 'Los daarvan zou ik hem natuurlijk wel een nachtje willen uitproberen,' voegde ze er toen aan toe.

Lana kwam naast haar staan en schoof op haar beurt de vitrage aan de kant. Een tijdlang staarde ze zwijgend naar de jongen, die af en toe schichtig terugkeek.

'Weet je wat het is?' zei Lana toen op haar beurt. 'Ik zie wel dat het een ontzettend stuk is, maar ik vind hem toch niet echt aantrekkelijk. Ik zou ook nooit seks met hem willen, zelfs niet voor één nacht.'

'Niet?' zei Luus verbaasd. 'En dat triootje dan?'

'Precies,' zei Lana, 'die jongen was helemaal niet aantrekkelijk, echt zo'n hele vage knul. Met net zo'n bleke vegetariërhuid als ik. Dat is mijn lot, ik val altijd op vago's en vega's.'

Luus schoot in de lach. Lana had tenminste zelfspot, Lana was super.

'Ik niet,' zei ze, 'ik val juist op types die aan de oppervlakte heel meegaand lijken, maar ondertussen altijd alleen doen waar ze zin in hebben.'

De jongen hield de ijzeren lat nu horizontaal. De zelfverzekerde manier waarop hij zijn gereedschap hanteerde – alsof hij iedere seconde precies wist wat hij deed – imponeerde Luus mateloos.

'Het rare bij mij is,' zei ze, 'dat ik heus wel zie dat hij bij wijze van spreken van een andere planeet komt, qua achtergrond, opleiding, interesses, enzovoort. Maar toch wil ik hem. Dat is iets heel lichamelijks, ik wil gewoon dat lijf tegen me aan hebben.'

'Daarom heb ik er zo'n moeite mee,' zei Lana. 'Mijn psych zegt dat ik beter naar m'n lichaam moet luisteren. Dat wil ik ook best, maar ja, wie luistert er dan naar mij?'

'Welke psych?'

'Ik loop toch bij een psych.'

'Daar wist ik niks van.'

'Al maanden.'

'Waarom dan?'

'Na die zelfmoordpoging.'

'Wat? Laan! Dat *meen* je niet.'

Luus was oprecht geschokt. Zowel door het naakte feit als door de terloopsheid van Lana's mededeling.

'Dat heb ik je toch verteld? Ik dacht tenminste dat ik het

iedereen verteld had. Of nee, jij was toen een weekendje naar New York. Volgens mij heb ik je naderhand een brief gestuurd. Of toch niet. Misschien ben ik het ook alleen maar van plan geweest. Het was allemaal nogal verwarrend.'

'Dat zal wel,' zei Luus, toch weer afgeleid door de capriolen van de jongen met zijn lat. 'Maar Jezus, Laan, *zelfmoord*! Ik bedoel, hoe kom je op het *idee*! Dat moet je echt niet doen hoor, dat vergeef ik je nooit.'

'Ik kwam ook niet op het idee,' zei Lana, 'het idee kwam op mij.'

'Maar waarom? Jij bent juist zo'n origineel iemand. Je bent creatief, muzikaal, je bent meelevend, hulpvaardig. Neem mij nou, ik ben alleen een dik egocentrisch varken.'

'Dik oké,' grijnsde Lana, 'en egocentrisch ook, maar een varken...' Ze trok haar benen op en legde haar kin op haar knie. 'Soms denk ik dat ik in het verkeerde lichaam zit,' zei ze.

'Dat je eigenlijk een jongen had willen zijn...' begreep Luus en ze zag al een serie operaties in het verschiet.

'Een jongen? Alsjeblieft niet. Ik bedoel dat ik liever iets heel anders was geweest, een schoorsteen bijvoorbeeld. Dan had ik om te beginnen een voor iedereen duidelijk en vastomlijnd doel gediend, dan gaf ik iedereen onvoorwaardelijk warmte. En voor de rest had ik gewoon lekker op het dak gezeten, met uitzicht naar alle kanten en af en toe wat vogels op m'n kop. En wie weet was ik wel zwanger van een nest met eitjes, ergens diep beneden in m'n pijp.'

★

Die middag, tijdens de wandeling naar het hoogste duin midden op het eiland, waarvandaan je volgens Lisanne een fantastisch uitzicht had en meestal zelfs het volgende eiland kon zien, overdacht Luus nog eens wat Lana verteld had, maar nog steeds kon ze zich er weinig bij voorstellen.

47

Een handvol pillen, een fles whisky en een afscheidsbrief. Tegelijkertijd voelde ze zich schuldig, omdat ze niets in de gaten had gehad, terwijl ze tegenwoordig toch op Lana het meest gesteld was.

Vroeger was dat anders geweest. In de brugklas en in de eerste jaren daarna had ze Lana maar een slome trut gevonden. In eerste instantie was Lana een vriendin van Lisanne, en Lisanne was weer een vriendin van Lot. Lisanne en Lot kenden elkaar al vanaf de peuterspeelzaal, dus toen Luus vriendschap sloot met Lot, had ze Lisanne en Lana op de koop toe genomen.

De eerste jaren waren Lot en Luus de spil geweest van de 4LL: zij bepaalden wat er gebeurde, wat ze deden en welke jongens de moeite waard waren. Op dit moment had ze met Lot juist het minst contact, constateerde Luus, terwijl Lana haar steeds dierbaarder was geworden, misschien omdat Lana zo ongrijpbaar was. Daarom ook nam ze het zichzelf kwalijk dat ze nu pas hoorde van Lana's problemen. Maar ja, ze had nu eenmaal maanden achtereen in het buitenland gezeten. Dat zou trouwens voor Lana ook wel eens goed zijn. Het buitenland verruimde je blik, letterlijk en figuurlijk verbreedde het je horizon. Andere talen, andere mensen, andere gewoontes. Hoe dan ook: Luus nam zich voor om Lana beter in het oog te houden.

Ondertussen was het opgeklaard. Er vielen steeds meer gaten in het wolkendek en Luus genoot van de eerste *sunny spells.*

'Wist jij het van Lana?' vroeg ze aan Lisanne, die naast haar liep. Lot en Lana waren een eind achterop geraakt.

En ja, natuurlijk wist Lisanne het en ze was verbaasd dat Luus het niet gehoord had, al was het natuurlijk niet echt een mededeling voor een mail of een sms'je. Maar Lana had nu goede medicijnen en de kans op herhaling was miniem, verzekerde Lisanne.

'Snap je waarom ze het heeft gedaan?' vroeg Luus, want daar had ze Lana niet meteen uitgebreid naar willen vragen.

Ook dat wist Lisanne: te weinig zelfvertrouwen en te vatbaar voor wereldleed.

'Maar was er een concrete aanleiding?' vroeg Luus. Niet aanwijsbaar, volgens Lisanne, maar wat er wel mee te maken had was dat Lana als vrijwilliger in het dierenasiel was gaan werken, waar ze dagelijks werd geconfronteerd met de harteloze gemakzucht van sommige mensen.

'En toen ook nog de oorlog tegen Irak,' zei Lisanne, 'kijk daar, een fazant!'

Voor hen uit waggelde een bruin vogelbeest, verschrikt zoekend naar de beste vluchtroute.

Ze verlieten het schelpenpad en klommen door mul zand steil omhoog. Luus moest zich aan het stugge gras vasthouden om niet terug te glijden. Toch waren ze sneller boven dan ze had verwacht.

'Is dit echt het hoogste duin?' vroeg ze aan Lisanne die al met de hand boven haar ogen stond rond te turen.

'Vind je het niet geweldig?' jubelde Lisanne. 'Kijk daar, de Noordzee!'

Maar Luus keek liever naar het wad, niet alleen omdat ze dan de zon in haar gezicht had, maar vooral omdat ze in gedachten het halve continent overstak. Daarginds, heel, heel in de verte, achter die glinsterende strook water met wat verdwaalde zeilen, achter de donkere reep met bomen en windmolens, achter ontelbare akkers, dorpjes, steden, meren, bergen en rivieren, daar lag Florence. *Firenze!*

'Echt gaaf,' zei Lot toen ze boven arriveerde en heel even draaide Luus zich om naar het noorden. Eens te meer vroeg ze zich af wat ze te zoeken had op het hoogste punt van deze omhooggevallen zandbank, te midden van de drie meiden die jarenlang haar hartsvriendinnen waren geweest.

★

'Pilsje?'

'Altijd,' grijnsde Doevendans senior, terwijl hij met z'n

onderarm het zweet van z'n voorhoofd wiste. De lucht was inmiddels strakblauw, alleen aan de horizon dobberden nog wat onschuldige witte plukjes.

'En jij?'

'Doe mij maar fris,' zei Wilco, 'heeft u een AA-tje?'

'Kom op,' lachte Hugo Hondius, 'doe eens gek. Jaap Stam neemt ook wel eens een biertje, niet dan? En zeg maar je, hoor.'

Kop dicht, homo, dacht Wilco.

Hugo kwam terug met twee pilsjes en een colaatje.

'Mag dat ook? Word je wel dik van, moet je er allemaal weer aftrainen.'

Ze bleven staan en proostten. Vervolgens nam Doevendans senior met Hugo de planning door. Als het weer zo bleef konden ze voor volgend weekend klaar zijn met het casco, verwachtte Doevendans.

Wilco luisterde maar half. Zijn vader had hem er al vaker op gewezen dat hij toeschietelijker moest zijn tegenover klanten. Nu de magere jaren definitief leken aangebroken, waren mensen met middeninkomens niet meer zo happig, maar miljonairs als Hugo Hondius hadden altijd wel iets te verbouwen. Niet het achterste van je tong laten zien, gewoon een beetje mooi weer lullen.

Het advies was aan Wilco niet besteed. Het boeide hem gewoon niet. Hij lette pas weer op toen het over de riolering ging.

'Die is compleet verouderd,' hoorde hij z'n vader zeggen. 'Mijn advies is: meteen vervangen. Maar dan moeten we door de tuin van de buren, ik weet niet of dat een bezwaar is...'

'Dat zal ik dan met ze moeten opnemen,' zei Hugo. 'Is er iemand thuis?'

'Ik dacht het niet,' antwoordde Doevendans senior, 'die vier jongedames zijn in ieder geval vertrokken.'

Tot Wilco's opluchting waren ze er halverwege de middag inderdaad vandoor gegaan. Hun gespioneer had hem behoorlijk op de zenuwen gewerkt, waardoor het stellen van de profielen veel langer had geduurd dan anders. Hij begreep ook werkelijk niet wat de bedoeling was van al dat geloer, zeker niet nadat hij zich er voor de spiegel op Hugo's toilet van had vergewist dat er niets bijzonders aan hem te zien was.

'Ik loop er straks wel even heen,' zei Hugo.

★

In de catalogus kon Luus geen titel vinden die een belletje deed rinkelen. In de kast stonden wel wat boeken over Afrika, maar die zagen er bepaald niet aanlokkelijk uit.

Toch nam ze er eentje mee en ging even aan de leestafel zitten om het aan een nader onderzoek te onderwerpen, ook omdat Lisanne tussen de romans snuffelde en nog niet van plan leek om verder te gaan.

Toen ging haar telefoon. Het was haar zus, nu eens niet met zorgen over hun moeder, maar over een bobbel in haar dijbeen. Dat wil zeggen: daarmee begon het...

Tegenover Luus zat een vrouw zich zichtbaar te ergeren. Ze had sluik grijs haar en een leesbril op, maar ze was vast minder oud dan ze leek. Ze had iets groezeligs, vond Luus, het onverzorgde dat haar aan meer vrouwen op het eiland was opgevallen: ze zagen er net zo verlept en aangevreten uit als de onbespoten sla die ze waarschijnlijk aten.

De vrouw kuchte nadrukkelijk, wierp steeds kwadere blikken in haar richting, maar Luus vond het onzin. Ze zaten tenslotte niet in de bibliotheek zelf, maar in het voorportaal. Het bordje met daarop een telefoontje en een groot rood kruis er dwars doorheen gold dan ook duidelijk niet voor deze ruimte, vond Luus. Bovendien praatte ze helemaal niet hard.

Plotseling stond de vrouw op. Ze was in een paar stappen bij Luus, rukte het telefoontje uit haar handen en dumpte het in een soort prullenbak. Daar kwam het terecht in een

laagje zand, tussen de witte en gele stompjes van uitge-
drukte peuken.

'Ziezo,' zei de vrouw en heel even schrok Luus van de
onverholen haat in haar ogen, maar zelf was ze toch ook
dermate woedend dat ze als een duveltje uit een doosje
opveerde. Ze gaf de vrouw een duw waardoor die met haar
rug tegen de muur viel en de leesbril van haar neus tuimelde, stapte langs haar heen en bracht haar telefoon in vei-
ligheid.

'Ben jij nou helemaal,' begon de vrouw. Achter haar
staarde een bibliothecaresse verschrikt door de glazen deur.
Ook diverse bezoekers keken op, onder wie Lisanne, zag
Luus in een flits. Het deerde haar geenszins.

'En nou zou ik heel gauw maken dat ik wegkwam, als ik
u was,' zei Luus, 'anders sta ik niet voor mezelf in.'

De vrouw aarzelde even – in ieder geval lang genoeg om
Luus de zekerheid te geven dat ze haar de baas was.

'Ik ga nu controleren of hij het nog doet,' zei ze, 'en ik
hoop voor u dat het zo is...'

'Luus?!' riep haar zus, 'wat gebeurt er?'

Luus hervatte het gesprek en liep zonder verder nog acht
te slaan op de vrouw naar buiten.

'Het was een reflex,' zei ze later in Snuukt, nadat Lisanne
het verhaal had verteld.

'Net als toen met Froukje Zolderman,' zei Lana.

'Wie?'

'Weet je dat niet meer?'

Het was in de tweede gebeurd, op het schoolplein. De
directe aanleiding wist Lana niet meer, maar Luus was
erachter gekomen dat deze Froukje haar had uitgemaakt
voor afgelikte boterham. Dus was Luus, volgens Lana, in de
eerstvolgende pauze op Froukje afgestapt en had haar onom-
wonden gevraagd of het gerucht klopte. Froukje had het
onmiddellijk beaamd, sterker nog: ze had er nog aan toege-
voegd dat Luus ook een kankerhoer was.

'En toen sloeg je haar patsboem in haar gezicht,' zei Lana.
'Dat vond ik zo'n openbaring!'

'Openbaring?'

'Omdat je bij ons thuis absoluut niet mocht slaan. *Verbaal* geweld was eigenlijk al uit den boze, laat staan lichamelijk geweld. En jij gaf dat kind gewoon een knal voor haar kop.'

Dat kon Luus zich *wel* goed herinneren, de geweldloosheid die de ouders van Lana altijd predikten. Ze liepen er zelfs mee te koop dat Lana nog in de buik van haar moeder aanwezig was geweest bij de grote vredesdemonstratie in Den Haag in negentienhonderdzoveel.

'En het werkte nog ook,' zei Lana, 'daarna heeft Froukje je altijd ontweken.'

'Toch vind ik geweld geen oplossing hoor,' zei Lisanne zuinig.

'Nee,' zei Lana meteen, 'dat weet ik ook, maar ik zie wel dat het bij sommige mensen beter past dan bij andere. Bij Luus bijvoorbeeld.'

'Dank je,' zei Luus, want het voelde niet echt als een compliment.

'Jij bent gewoon veel lichamelijker,' zei Lana. 'Ook in het positieve, als je begrijpt wat ik bedoel. Je hebt meer temperament en je weet gewoon wat je lijf wil.'

'Oftewel,' zei Lot, 'ze is licht ontvlambaar en een tikkeltje opvliegend.'

★

'O ja,' begon Lisanne aarzelend. 'Even heel iets anders.'

Ze zei het zo nadrukkelijk langs haar neus weg, dat iedereen haar onmiddellijk aankeek.

'Even over de slaapplaatsen van vannacht. Ik had eerst gedacht dat Karel het best apart in het tweepersoonsbed kon...'

'Ben je gek,' zei Lot, 'ga toch lekker bij hem slapen.'

'Meen je dat?' zei Lisanne zichtbaar opgelucht. 'Vind je dat niet vervelend?'

'Welnee,' zei Lot.

'Vind je echt niet dat ik je dan in de steek laat?'

'Zeur niet,' zei Lot, 'voor ik me bedenk.'

Lisanne bloosde.

Luus reageerde als eerste op het geklop op de voordeur. Ze liep het halletje in en deed de deur open.

'Goeiemiddag, ik ben de buurman, mag ik even binnenkomen?'

In z'n ogen flitste een blik van herkenning, die geen vervolg kreeg. Luus besloot het spelletje mee te spelen. Ze liet hem binnen en ging hem voor naar de kamer. Met knikkende knieën, dat wel.

'De buurman,' kondigde ze hem aan. 'Voor jou San, neem ik aan.'

Hugo Hondius van Leeuwen stelde zich voor en deed z'n verhaal over de riolering. Lisanne veronderstelde dat het allemaal geen probleem zou zijn, maar dacht dat hij het best even met haar vader kon bellen. Al die tijd deed Luus haar uiterste best om hem niet aan te gapen, er geen onzin uit te flappen en zo mysterieus mogelijk te blijven.

'Maar wat doen jullie hier eigenlijk?' vroeg Hugo Hondius toen.

Een moment bleef het stil, toen barstten ze tegelijkertijd in lachen uit. Vervolgens vertelde Lisanne hun verhaal, over de jaren op het Hooftland College, over de bijnaam die jongens hen hadden gegeven toen ze hadden vastgesteld dat hun voornamen allemaal met een L begonnen en hoe die naam langzamerhand een geuzennaam was geworden, de 4LL, oftewel de Forellen, over de traditie om samen op vakantie te gaan en over het wonderlijke fenomeen dat ze elkaar nu bijna een jaar niet hadden gezien, maar dat ze vanaf het eerste moment de draad weer hadden kunnen oppakken.

'En jij,' vroeg Luus, 'wat doe jij eigenlijk?'

Voor het eerst keek ze hem aan en ze voelde dat ze nog steeds beet had. Inmiddels wist hij weer waar hij haar gezien had, zag ze.

'Wilt u misschien wat drinken?' vroeg Lisanne.

'Nee dank je, ik ben zo weer weg. Wat ik doe? Ik doe momenteel niet zoveel.'

Yes, dacht Luus opgetogen, want ze was dol op mannen die niet zoveel deden, maar daar wel heel rijk van werden.

Ondertussen inspecteerde ze zijn vingers. Geen ringen.

'Wat een griezel,' zei Lot, zodra hij de deur uit was. 'Zo'n stoppelbaard, jasses!'

'Oeps,' zei Lana, 'zeg dat nou niet waar Luus bij is.'

'Hoezo?' vroeg Lot.

'Nou,' begon Lana, 'ik zag laatst een documentaire over pinguïns. Die zitten met z'n duizenden op zo'n kale ijsvlakte aan de poolzee. Of de oceaan, al naar gelang. De mannetjes gaan dan het water in om voedsel te halen voor de vrouwtjes die de eieren uitbroeden. Of andersom, dat gebeurt ook.'

'Ja en?' vroeg Lot, omdat Lana stil viel en afwezig naar buiten staarde.

'Als ze dan terugkomen, die mannetjes, of die vrouwtjes, dan moeten ze hun partner zien te vinden te midden van al die duizenden volkomen identieke beesten. En dat lukt ze. Het wijfje slaakt een hoogstpersoonlijke unieke pinguïnkreet of zoiets, en dan komt het mannetje feilloos op haar af.'

'Wat heeft dat nou met Luus en die man te maken?' vroeg Lisanne.

'Snap je dat niet?' zei Lana verbaasd.

★

'Ga je dadelijk nog hardlopen?' vroeg het meisje achter de balie. Wilco herinnerde zich nu waar hij haar eerder had gezien. Zij was degene van wie hij op de boot had gedacht dat ze ook bij de vier hoorde, maar die later apart aan een tafel was gaan zitten. Hij zag nu trouwens ook wel dat ze anders was dan die vier in het huisje. Niet alleen omdat ze veel molliger was, maar ook omdat ze niet zo bekakt deed.

'Nee,' zei Wilco, hoewel hij dat tot een seconde voordien vast van plan was geweest.

'Jammer, ik ben dadelijk vrij. Om zes uur.'

Wilco zei niks en wachtte tot ze hem de sleutel zou geven.

'Ik heb wel zin om even te rennen,' zei ze. ''t Is zulk heerlijk weer. Niet te warm en niet te koud.'

Ze had de sleutel al in haar hand. Dat wil zeggen: ze hield de grote bol met het kamernummer vast en liet de sleutel rondjes draaien.

'Ik zal me trouwens even voorstellen,' zei ze ineens en ze stak hem haar hand toe, 'Linda.'

Ongemakkelijk drukte Wilco haar hand en noemde zijn naam.

'Heb je iets anders te doen vanavond?'

'Ja,' loog Wilco.

'Ga je soms naar het optreden van het mannenkoor in de muziektent.'

'Ja,' zei Wilco opgelucht.

'O leuk, mag ik mee?'

★

Hij viel Luus mee, Lisannes nieuwe lief. Hij was niet half zo'n watje als z'n naam deed vermoeden. Een beetje ballerig, dat wel, maar niet zo'n weirdo wizzkid van het type waarop Lisanne patent had. Hij was groot, breed en niet onaantrekkelijk, al waren z'n wenkbrauwen te borstelig en z'n lippen iets te dik. Dat zoende overigens wel lekker, wist Luus.

Onder het eten – Lana had een vegetarische pasta gekookt waar ze ruim twee uur over had gedaan en waarvoor ze alle pannen had gebruikt – vertelde Karel uitgebreid over de zeiltocht waarbij hij en z'n vrienden alle Waddeneilanden zouden aandoen. Islandhopping.

Lisanne hing aan z'n lippen, bijna letterlijk. Ze zat naast hem en raakte hem voortdurend aan, gierde om ieder mopje en straalde van trots als ook de anderen om zijn anekdotes moesten lachen. Aandoenlijk, vond Luus.

Luus zelf hield gepaste afstand, vond ze zelf, al moest ze na haar derde wijntje toegeven dat Karel best sexy was. Die lippen!

Zij liet hem ook niet onberoerd, concludeerde ze, toen hij naarmate de maaltijd vorderde steeds vaker oogcontact zocht.

'Als we nog naar dat koor willen, moeten we nu wel gaan,' zei Lisanne.

'Boring,' zei Luus. Het kwam haar op een venijnige blik van Lisanne te staan.

'Hoe weet je dat nou?' zei ze. 'Het is echt heel leuk. Bijna alle mannen van het eiland doen eraan mee. De bakker, de groenteboer, de postbode...'

'Ik was laatst bij een optreden van een fadozangeres,' zei Lana. 'Dat was zulke droefgeestige muziek, ik werd er helemaal blij van.'

'Blij?' vroeg Karel.

'Ik vind het heerlijk als andere mensen ook een beetje depressief zijn.'

'Jij bent helemaal niet depri,' zei Luus, 'je bent alleen wat wisselvallig.'

'Echt wel,' zei Lana, 'zonder pillen ben ik zo depressief als een deur. En manisch bovendien. Wat is een shantykoor eigenlijk? Ik moet trouwens eerst koffie, ik ben weer een beetje dronken.'

Zodoende fietsten ze pas in de schemering naar het dorp. Rond de muziektent naast het hotel had zich al een bonte menigte verzameld. Joelende scholieren op werkweek, gedweeë natuurliefhebbers – sommigen met hun verrekijker nog om de nek –, een paar Spaanse studenten die openlijk een joint opstaken omdat ze dachten dat het in Nederland zo hoorde, en bejaarde echtparen uit de betere kringen van wie de heren sigaren rookten en de dames even geestdriftig als uit de maat meeklapten op de muziek van het begeleidende combo: piano, bas en gitaar.

Ze stalden hun fietsen bij de supermarkt en drongen zich in de buitenste kring. Luus wist nog niet of ze het aandoenlijk of lachwekkend vond, die volwassen kerels in would-be zeemansoutfit die uit volle borst truttige liederen stonden te zingen.

Lot was de eerste die Wilco ontwaarde, ongeveer twee rijen voor hen.

'Wie we daar hebben,' zei ze en ze stootte Luus aan. Luus rekte gretig haar hals, tot ze het meisje naast hem ontdekte, dat opzichtig tegen hem aan schurkte. Soms hing ze zelfs even met haar hand op z'n schouder, zogenaamd om beter te kunnen zien. Een vertrouwde scheut jaloezie schampte Luus' middenrif.

'Ken je die del?' vroeg ze.

'Nee, hoezo?' zei Lot.

'Zomaar. Ze komt me bekend voor.'

Ze had alleen geen idee waarvan. Voor vrouwengezichten had ze nu eenmaal een veel minder goed geheugen.

And it's no nay never, no nay never no more
Will I play the wild rover, no never no more

'Hartstikke leuk toch? Voor amateurs bedoel ik,' zei Lisanne, maar Luus had nauwelijks aandacht voor het koor. Met argusogen volgde ze de gestage toenaderingspogingen van haar rivale en vooral of ze daar enig succes mee boekte. Gelukkig leek & Zn er vrij stoïcijns onder te blijven.

'Je bent te laat,' riep Lana in haar oor.

Wacht maar, dacht Luus.

★

'Zullen we dadelijk nog even wat drinken?' vroeg Linda na de toegift en het slotapplaus.

'Nee,' zei Wilco, 'ik moet morgen weer om zes uur op.'

'Jammer,' zei ze. 'Andere keer dan maar.'

Ze stak haar arm door de zijne en samen liepen ze het hotel binnen. Ze hoorden geen van beiden hoe achter hen Luus voorstelde om een biertje te gaan drinken in het hotel, en evenmin Lisannes gemopper over 'eigenzinnigheid', omdat Luus al meteen naar binnen ging.

★

'Kotsen vind ik eigenlijk niet zo erg,' zei Lana in het bovenbed. 'Dat getol, daar word ik zo moe van. Stom bed, sta toch stil!'

Ook Luus had meer op dan haar bedoeling was geweest, maar niet zozeer vanwege het alcoholpercentage als wel het zetmeelgehalte. Er was weliswaar geen weegschaal in het huisje, maar haar broekband was genadeloos.

'Vind je me te dik? Eerlijk zeggen!'

'Absoluut,' zei Lana, 'je bent echt een vies vet zwijn.'

'Nee, serieus!'

'Serieus ja, heel serieus. Iedereen is serieus, op uitdrukkelijk bevel van het Ministerie van Serieuze Zaken. Behalve ik. Ik verwacht niet dat ik binnen afzienbare tijd serieus word. Nuchter misschien, maar zelfs dat is nog maar helemaal de vraag.'

Onbegonnen werk, begreep Luus en ze kleedde zich verder uit.

Zodra ze in bed lag vroeg ze zich weer af wat & Zn aan het doen was. Ze was nog steeds beduusd van de vanzelfsprekendheid waarmee hij zich aan de receptie had vervoegd, in plaats van een tafel te zoeken in het cafégedeelte. Zelf had ze dat nota bene nog nooit gedaan, even een kamer huren voor een uurtje seks. Of zou dat meisje van de plaatselijke escortservice zijn? Bestonden die op zo'n eiland? Waarom niet, die had je toch overal.

Het bed in het kamertje naast haar, dat tot nu toe niet beslapen was, bleek te kraken.

Ook dat nog.

'Weet je wat het verschil is tussen een dronkelap en een egoïst?' vroeg Lana van boven. 'Een egoïst denkt dat de hele wereld om hem draait en bij een dronkelap is dat ook zo.'

Luus lachte. Naast haar klonk het vage gebrom van een mannenstem, Karel dus. Ze tikte voorzichtig op de muur. Het klonk als dun hout. Geen wonder dat het zo gehorig was.

'Denk je eigenlijk nog wel eens aan die jongen?'

'Iets minder,' erkende Luus.

'Minder?'

'Niet meer iedere minuut. Hooguit ieder kwartier.'

'Dus het heeft je toch meer geraakt dan je zei. Ik snapte het al niet.'

'Wat niet?'

'Dat je je niet bedrogen voelde.'

'Waar héb je het over?'

'Die jongen. Die Ronaldo. Nee, zo heette hij niet, daar kwam hij vandaan. Alsjeblieft wereld, sta stil, *sta stil*!'

'O, *David*,' zei Luus, 'David uit Orlando, Florida. Mens, daar denk ik nooit meer aan.'

'Aan wie dan wel?'

'Kun je een geheim bewaren?'

'Nee,' zei Lana, 'niet erg lang tenminste. Soms een dag, soms een week, maar meestal hooguit een paar minuten. Het hangt ook van de versheid af. Een vers geheim kan ik langer bewaren dat iets oudbakkens. Sorry, ik raaskal.'

Het kon Luus niet meer schelen. Ineens moest ze het kwijt, het hele verhaal, alles. Hoe ze hem voor het eerst gezien had op een feestje waar ze wel even met hem had gepraat maar waar hij haar veel te serieus leek; hoe ze hem later een paar keer op straat was tegengekomen, zo vaak zelfs dat ze dacht dat hij haar achtervolgde en hoe hij haar later had bezworen dat het puur toeval was geweest, of liever de voorzienigheid; hoe ze – geheel tegen haar gewoonte in – nog een tijdje kat en muis hadden gespeeld, omdat hij helemaal niet haar type leek, zachtaardig, geduldig, weloverwogen, kortom totaal on-Italiaans; hoe ze langzaam maar zeker op hem gesteld was geraakt, op zijn beleefdheid, zijn ongekunsteldheid, zijn aandacht, zijn eerlijkheid, zijn idealisme, het onhandige Engels waarop hij overschakelde als haar Italiaans weer eens tekortschoot, zijn tengere postuur, zijn vreemde lichtgrijze ogen, zijn slanke, onbehaarde handen.

'Oké,' zei Lana, 'tot zover de vorm. Nu de inhoud graag. Is hij knap?'

Niet in de klassieke zin, erkende Luus, Fabio was geen lekker ding, geen vurig minnaar, geen man naar wie alle vrouwen zich omdraaiden als hij binnenkwam. 'Maar,' besloot ze, 'hij is zo *lief*.'

Toen begon ze te huilen.

Ze probeerde het in te houden, maar Lana merkte het toch. Ze kwam haar bed uit en Luus voelde een arm om haar schouders terwijl ze haar hoofd in het kussen drukte.

'Ik mis hem zo!' snotterde Luus.

'Mooie naam,' zei Lana, 'Fabio. Ik zou ook wel een Fabio willen.'

'Als je maar van de mijne afblijft,' dreigde Luus en ze snoot haar neus.

'Maar is het nu eigenlijk aan?' vroeg Lana.

Luus wilde verder vertellen, maar de tranen kwamen eerder dan de woorden.

'Schik eens op,' zei Lana.

Luus schoof op naar de muur en Lana kwam naast haar liggen.

Aan de andere kant van de muur klonk onderdrukt gelach.

'Die hebben het gelukkig ook gezellig,' zei Luus.

Toen was het tijd voor Afrika. Luus nam een lange aanloop, maar eigenlijk was het verhaal gauw verteld. Fabio was bijna klaar met z'n medicijnenstudie. Hij specialiseerde zich in tropische geneeskunde en zodra hij z'n bul had, wilde hij afreizen naar Eritrea, de voormalige Italiaanse kolonie. En dat liefst in gezelschap van Luus.

'Hij is de eerste man die tegen me gezegd heeft dat ik de belangrijkste vrouw in z'n leven ben.'

'Wat is het probleem dan?'

'Wat moet ik in godsnaam in Afrika?'

Dat was inderdaad een probleem, dat zag ook Lana in.

Naast hen kraakte het bed steeds vervaarlijker.

'Dus?' vroeg Lana.

'Dus heb ik nee gezegd. Ik vind het rot voor al die arme kindertjes, en ik vind ook dat ze geholpen moeten worden en ingeënt, maar zélf heb ik eerlijk gezegd helemaal niks met Afrika!'

Natuurlijk had ze wel getwijfeld tijdens de eindeloze gesprekken en omdat Fabio zo zeker van zijn zaak leek, waren er ook legio momenten geweest waarop ze besloten had de sprong te wagen, maar even zo vaak was ze daarvan teruggekomen.

'Ik ben nog steeds zo teut als een gieter hoor, maar toch lijkt mij de hamvraag: hou jij ook van hém? Do you Lucia-Ellen actually love this guy?'

'Ik weet het niet meer,' zei Luus. 'Ik wil niets liever dan het leven met hem delen, maar niet een leven in Afrika. Een leven als doktersvrouw. Zeg eerlijk, Laan, dat pást toch helemaal niet bij me?'

'Nee,' zei Lana, 'dat is niks voor jou. Dat klinkt als tweede viool.'

Naast hen klonk weer een geducht gekraak, dat langzaam maar zeker een gelijkmatig ritme kreeg.

Lana gniffelde.

'Hoor jij wat ik hoor?' fluisterde ze. 'Ze doen het! Lisanne doet het met Karel!'

Luus schoot in de lach.

'O Karel,' kreunde Lana.

Luus drukte weer haar hoofd in het kussen, maar nu om haar lachen te stelpen.

'Hou op,' zei ze.

'No way! Ga door, Karel, maak me gek, maak me helemaal gek!'

Als op commando raakte het gekraak in een hogere versnelling.

'Ja heerlijk, *heerlijk*!' hijgde Lana. 'Ik kom, wie niet weg is, is gezien, ik kom!'

Luus hapte naar adem en probeerde de stofsmaak van het kussen weg te slikken.

'Wat *gênant* is dit,' piepte ze.

Het gekraak vertraagde even, om daarna weer te versnellen.

'Zou Lot het ook horen?' vroeg Luus zich af.

'Wat is dat licht eigenlijk?' vroeg Lana.

'De vuurtoren.'

'O gelukkig.'

Weer schroefde Karel het tempo op.

'Zal ik anders gewoon binnen lopen en er tussen gaan liggen?' zei Luus. 'Ik wil ook wel eens een triootje.'

Meteen was het stil.

'Ziezo,' zei Lana, 'ook weer gebeurd. Waar waren we? O ja, de liefde.'

★

Luus werd wakker van de gil, maar in eerste instantie vroeg ze zich alleen af bij wie het lichaam hoorde dat naast haar lag. Een paar tellen was ze ervan overtuigd dat het & Zn was, verklaarde ze later bij het ontbijt.

Toch was ze het eerst uit bed, nadat ze over Lana heen geklauterd was. Ze stootte zich tegen een stoel toen een nieuwe gil klonk. Een gil van Lisanne.

In de huiskamer botste Luus bijna tegen Lot op, die de deur van het middelste slaapkamertje opendeed. Meteen verhevigde het gegil.

Over Lots schouder heen keek Luus naar binnen en

schrok als nooit tevoren. Allereerst van de ravage, maar vooral van Karel. Hij lag op z'n buik op bed en in eerste instantie werd Luus' blik vooral getrokken door zijn volle, behaarde billen, maar opeens liep er een dun rood straaltje langs z'n ruggengraat. Toen pas zag Luus hoe bloed uit z'n haar sijpelde en in de holte van z'n nek een stuwmeertje vormde dat net was overgelopen.

Lisanne stopte met gillen en sloeg haar handen voor haar mond, maar ook dat leek een weinig adequate reactie voor een aankomend arts.

Het gordijn voor het open raam bolde. Lot stapte erheen, rukte het open en keek naar buiten. Daarna deed ze het raam snel dicht.

'Wacht even,' zei Luus. Ze keek nog eens naar Karel.

Het boveneind van het bed, het nachtkastje en de vloer ernaast waren bedolven onder boeken. De plant boven het bed hing nog maar aan één steun, schuin omlaag. Het losse uiteinde rustte op Karels kussen. Waar de andere steun had gezeten, gaapten drie gaten in de muur.

Driemaal raden wie die plank heeft opgehangen, dacht Luus.

Een droge donderdag

Dat Wilco tijdens driftbuien tot duivelse krachtsinspanningen in staat was, wist de hele familie Doevendans. Driftbuien had hij namelijk al als kleuter, vooral als hij weer eens niet uit z'n woorden kon komen. Verbaal waren z'n oudere broers hem altijd de baas; die konden ook beter leren en hadden met succes de havo afgerond. Zijn ouders hadden daar overigens nooit een punt van gemaakt, integendeel, Doevendans senior had altijd juist hoog opgegeven van Wilco's handigheid en technisch inzicht.

Maar op verjaardagsfeestjes was vooral het verhaal over Wilco's eerste nieuwe fiets een steeds terugkerende klassieker. Na jarenlang de oude fietsen van z'n broers te hebben afgereden, kreeg Wilco voor z'n twaalfde verjaardag eindelijk een splinternieuw exemplaar, compleet met handremmen en versnelling. Hij werd al de volgende dag gestolen, terwijl Wilco op een veldje aan het voetballen was. Z'n vorige barrels had hij nooit op slot hoeven zetten, daardoor was hij het ook die keer stomweg vergeten. Koortsachtig had hij de hele buurt afgezocht maar niets gevonden, en met lood in de schoenen was hij naar huis gegaan. Hij had nog een uur wanhopig achter de heg gezeten voor hij naar binnen durfde. Toen hij eindelijk aan tafel kwam, waren de twinkelende gezichten van zijn broers hem niet opgevallen en ook in de toon waarop zijn vader had gevraagd hoe de nieuwe fiets hem was bevallen, had hij niets vreemds gehoord. Zodra bleek dat zijn oudste broer de fiets had meegenomen en Wilco besefte dat hij in de maling was genomen, had hij in één beweging de hele eettafel omgekieperd, zodat de betreffende broer de borden, het bestek, de volle melkbekers en de dampende schalen in z'n schoot had gekregen. Het had Wilco een halfjaar zakgeld gekost. Naderhand had hij nog wel eens geprobeerd om de loodzware eikenhouten tafel op te tillen als hij alleen in de kamer was. Tot zijn stomme verbazing kreeg hij het ding nog geen decimeter van de grond.

Ook vanwege zijn sindsdien legendarische spierkracht ging iedereen ervan uit dat Wilco te zijner tijd de zaak zou overnemen, een klein maar goedlopend aannemersbedrijf op een strategische plek in de buurt van Hilversum. Wilco weersprak die verwachting nooit, hij rekende erop dat het plan vanzelf zou verdampen als hij eenmaal een profcontract had. En dat was geen droom, maar een kwestie van trainen, trainen en nog eens trainen. Hij was geen balvirtuoos, dat besefte hij maar al te goed, maar hij was er rotsvast van overtuigd dat hij dat gemis zou kunnen compenseren. Dat de scouts van de grote clubs hem nog nooit hadden ontdekt, deerde hem niet. Hij klampte zich vast aan iemand als Jaap Stam, die tenslotte ook op latere leeftijd en op eigen kracht was doorgebroken.

Dus had hij die donderdag de wekker nog een uurtje eerder gezet. Om te vermijden dat Linda hem weer zou aanklampen had hij besloten toch maar in alle vroegte te gaan hardlopen. Hij trok z'n sportkleren aan en sloop door het doodstille hotel naar de nooduitgang, want hij wilde ook niets riskeren als ze toevallig ochtenddienst had. Voorzichtig drukte hij de deurklink omlaag, opende de deur en draaide langs de metalen wenteltrap naar beneden.

Het was frisser dan hij had gedacht. In de bomen rond het grasveld dat grensde aan het hotel, maakten de vogels een heidens kabaal, dat schril afstak tegen de donzen rust die over het dorp lag.

Wilco schudde z'n spieren los, zag af van een verdere warming-up en schakelde over van wandelen naar een lichte draf.

Hij had nauwelijks een paar honderd meter gelopen toen hij twee fietsers zag naderen. Hij herkende hen al snel, maar *zij* was er niet bij. De lange wel, ze had iemand achterop, een mafketel met een tulband. Blijkbaar kwamen ze nu pas terug van een avondje stappen. Even maakte het hem jaloers, maar anderzijds wist hij allang dat de mensheid was opgedeeld in werkpaarden en luxepaarden.

Wilco hield z'n blik strak op de weg terwijl ze hem passeerden en troostte zich met de wetenschap dat hij eigenlijk een halve dag voorsprong op hen had.

★

'Weet je wat die dokter tegen Karel zei?' lachte Lisanne. 'Jij bent in ieder geval de eerste zeezeiler die geveld is door een boekenplank. Meestal zie je dit soort wonden na een klapgijp, als ze de giek tegen hun kop hebben gehad.'

Ook Karel lachte, maar minder uitbundig.

'Dat verband is best stoer,' zei Lana, 'je lijkt wel zo'n Schotse rugbyspeler.'

De vraag was alleen wat ze de rest van de dag gingen doen. Karel moest minstens één dag rust houden, dus daarmee was ook Lisanne aan huis gebonden.

'Maar als je er liever op uit wil,' zei Luus, 'pas ik wel op Karel.'

'Dat zou je wel willen, hè?' zei Lisanne en met hernieuwde energie streelde ze Karels hand. Dat iemand binnen vierentwintig uur kon veranderen van een zelfstandig wezen in een willoos verlengstuk van haar geliefde, verontrustte Luus. Als dat kenmerkend was voor wat liefde met iemand kon doen, was het toch maar goed dat ze niet als doktersvrouw naar de tropen ging.

'Arme schat,' zeurde Lisanne, 'twaalf hechtingen. Ik schaam me dood.'

'*Jij* hoeft je toch niet te schamen,' zei Lot, '*jij* hebt die boekenplank toch niet aan de muur getimmerd.'

'Nee, maar opa is er zo trots op. Hij heeft die plank zelf aan het strand gevonden en helemaal afgeschuurd. Hij is er dagen mee bezig geweest.'

'Had hij die schroeven soms ook gevonden?' opperde Luus. Lisanne ging er serieus op in en Luus kreeg bijna spijt van haar valsheid.

'Ik heb zin in koffie op een terras *downtown*,' zei ze, 'wie gaat er mee?'

★

'Even iets anders,' zei Hugo en hij nam Wilco apart, 'ik heb hier wat in het rond geïnformeerd en ik heb iets voor je geregeld.'

Wilco schrok. Hij hield niet van Hugo's onderonsjes, hij wantrouwde Hugo's geregel. Het deed hem denken aan het gekonkel aan de bar van de kantine voor en na de wedstrijd, van bestuursleden, ex-bestuursleden, sponsors en bobo's. Wat er precies besproken werd wist Wilco nooit, maar wel dat je daar aan de bar je basisplaats kon verdienen of kwijtraken.

'Vanavond trainen de senioren van de plaatselijke club hier, Waddense Boys of zoiets. In het sportpark, bij het zwembad. Van zeven tot half negen. Je bent welkom. Waarschijnlijk stelt het niet veel voor, maar dan kun je toch een beetje je ritme vasthouden.'

Hij keek Wilco doordringend aan.

'Ik heb gezegd dat je volgend jaar in het eerste speelt.'

'Maar ik heb geen voetbalschoenen bij me,' zei Wilco.

Hugo wuifde het weg, geïrriteerd.

'Dan koop je toch een extra paar. Dat is sowieso nooit weg. Akkoord?'

Hij wachtte het antwoord niet af, maar wendde zich tot Doevendans senior.

'Nog even over die afvoer...'

'Kut,' mompelde Wilco binnensmonds terwijl hij de cementmolen startte.

★

'Ligt het aan mij of is Lisanne echt niet meer toerekenings-
vatbaar?'

Uit gewoonte pakte Luus de kaart van het tafeltje, al wist
ze allang wat ze ging nemen. Misschien nam ze er iets bij
want ze had best zin in iets lekkers, ook vanwege de warme
ochtendzon die het terras in mediterrane lichtvoetigheid
dompelde.

'Een vriendin van mij heeft dat ook,' zei Lot, terwijl ze
haar haar opnieuw in een staartje bond, 'zodra haar vriend
erbij is, verandert ze als een kameleon.'

'Hoe staat het eigenlijk met jouw liefdesleven?' vroeg
Luus.

'Mijn liefdesleven? Goed. Of niet goed, het is maar hoe je
het bekijkt.'

'Hoe bedoel je?'

'Op het moment is het niet zo belangrijk.'

Typisch Lot. Dat hautaine. Alsof er iets belangrijkers was
dan mannen.

'En in Florence dan? Heb je daar geen leuke Italiaan ontmoet?'

'Jawel,' zei Lot, 'zat.'

'Maar?'

'Momenteel hou ik me gewoon niet zo bezig met de
liefde.'

'Maar toch wel met seks?' zei Luus. Gevat, vond ze zelf,
maar Lot glimlachte niet eens. Wat een zooitje: Lisanne een
dweil, Lana vager dan ooit en Lot bloedserieus.

En erger nog: ze had de hele ochtend nog niet aan Fabio
gedacht. Was dat een goed teken of juist niet?

'Wat heb je dan gedaan in Florence?'

'Dat zei ik toch: gedemonstreerd. En gepraat, gediscus-
sieerd.'

'Maar geen bezienswaardigheden gezien?'

'Zoals?'

'Weet ik veel, je hebt er ook een heleboel archeologische
sites. Fundamenten van tempels en paleizen.'

Toen kwam de aap uit de mouw. Want ja, Lot had in Fiesole inderdaad een opgraving bezocht, maar was er gedesillusioneerd vandaan gekomen. Want wat waren die brokstukken meer dan de fundamenten onder de wanen van megalomane despoten uit lang vervlogen tijden? Stel je voor dat over tweeduizend jaar toeristen zich zouden vergapen aan de overblijfselen van de paleizen van Saddam Hoessein! Dat was precies waar ze tegen gedemonstreerd hadden: tegen de almacht van multinationals en van hun stromannen, van welke ideologie of godsdienst dan ook.

'Of neem de Twin Towers,' zei Lot, 'ik ben helemaal niet voor aanslagen, maar ik begrijp wel dat als je iets tegen Amerika hebt en je Amerika echt wil kleineren, dat je dan die twee monsterlijke torens uitkiest.'

Luus had niet meteen een antwoord. Ze herinnerde zich haar bezoek aan Ground Zero en de beklemmende afwezigheid van de twee monumenten die zo onaantastbaar hadden geleken, maar zo onthutsend snel van hun voetstuk waren gevallen.

'Hoe kun je dat nou zeggen,' zei ze ten slotte. 'Weet je wel hoeveel doden daar zijn gevallen?'

'Nee,' zei Lot, 'maar weet jij hoeveel mensenlevens de bouw van de piramiden heeft gekost?'

'Dat heeft helemaal niks met elkaar te maken!'

'Op het eerste gezicht misschien niet,' erkende Lot, maar ze legde het geduldig uit, met de meewarige blik waaraan Luus zo intens de pest had.

'Bij de bouw van de piramiden zijn duizenden bouwvakkers omgekomen. Slaven liever gezegd. Maar het World Trade Center heeft ook miljoenen slachtoffers veroorzaakt. Niet het bouwen op zich, maar het huidige economische systeem waarvan het de spil en het symbool was. Alleen vielen de slachtoffers in eerste instantie niet in New York, maar in de derde wereld, in de arme landen.'

Het leek Luus onzin, maar ze kon niet meteen aanwijzen waar de schoen wrong. Bovendien dook er iemand op naast hun tafeltje.

'Wat mag het zijn?'

Luus herkende haar meteen. Maar wat deed ze hier op het terras? Werkte ze overdag in de bediening en 's avonds bij de escortservice? Of was ze toch gewoon het liefje van & Zn?

Hoe dan ook, Luus kon zich niet inhouden.

'Zware nacht gehad?'

Het meisje keek verbaasd.

'Sorry?'

'Je was toch gisteravond ook bij dat concert?'

'Zo heftig was dat niet.'

'Het vervolg misschien. Doe mij maar een espresso.'

'Een koffie verkeerd graag,' zei Lot.

Het meisje noteerde het zwijgend en ging weer naar binnen.

'Waar sloeg dat op?' vroeg Lot.

'Sorry,' zei Luus, 'ik ben allergisch voor dat soort *sluts*.'

Lot begreep niet waar ze het over had en Luus moest haar vertellen dat dit meisje dezelfde persoon was als degene die de avond tevoren zo dellerig tegen & Zn had aangehangen.

'En nu ben je jaloers,' begreep Lot.

'Yep,' erkende Luus volmondig.

Belachelijk, vond Lot. Wat zag ze überhaupt in & Zn? Het was toch duidelijk dat het nooit wat kon worden tussen hen? Wat had je er dan aan om hem het hoofd op hol te jagen, als dat al zou lukken?

'Gewoon, een lekker kontje, brede schouders, mooie tanden en een fris koppie.'

Lot was verbijsterd en werd zelfs boos.

Luus begreep het niet. Zo hadden ze toch altijd over knullen gepraat? Wat was daar ineens mis mee?

'Ik vind het gewoon niet eerlijk,' zei Lot. 'Je zit met iemand te flirten terwijl je niks te bieden hebt. Wie weet wat voor verwachtingen je wekt bij zo'n jongen.'

'My god, wat ben jij serieus! Het is toch gewoon een spel!' riep Luus.

★

71

Op de terugweg voelde Luus zich miserabel, eenzaam en verlaten. Tot gisteren was ze ervan overtuigd geweest dat haar maanden in Florence een ander mens van haar hadden gemaakt, een rijker mens vooral, een wereldburger, maar nu leek het alsof ze juist op achterstand was gezet. Haar vriendinnen van vroeger waren stuk voor stuk een nieuw leven begonnen, een leven zonder haar, maar toch een leven dat beslist de moeite waard leek. En erger nog: zelf had ze eigenlijk nog steeds geen flauw idee van de richting die haar leven op moest. Had ze werkelijk voldoende ruggengraat? Was ze feitelijk niet net als haar moeder indertijd alleen de ideale echtgenote? Iemand zonder eigen leven, een wormvormig aanhangsel dat het huishouden runt, de honden uitlaat en de contacten met bevriende echtparen verzorgt, kortom de vrouw van... En waarom liet Fabio niets van zich horen?

'Kijk die paarden,' wees Lot, 'vroeger dacht ik altijd dat ze sloffen aan hadden.'

In een weitje stonden twee immense trekpaarden, met dicht behaarde onderbenen en schoften als kastelen.

Lot had gelijk, erkende Luus. Lot keek om zich heen, Lot had oog voor haar omgeving. Lot was volwassen geworden, terwijl zijzelf was blijven steken in de puberale fase. Draaide haar leven niet louter en alleen om indruk maken op mannen?

Anderzijds: er was ook niets waarop ze kon terugvallen, ze had geen bijzondere talenten, geen originele ideeën, geen idealen. Ze was nog steeds wat ze altijd al geweest was: een middelmatige persoonlijkheid met een aanleg voor vraatzucht en achterbaksheid, hooguit geschikt om dienst te doen als barjuffrouw of serveerster in een eetcafé. En niet te vergeten als doktersvrouw, inderdaad, doktersvrouw, net als haar moeder. Dat ze net als haar moeder haar hart had verpand aan een medicus, leek Luus ineens geen toeval. Dat moest iets betekenen. Maar wat? Dat haar lot onontkoombaar was? Of dat ze juist de kans kreeg het anders te doen?

Al ver voordat ze het weggetje naar het huisje insloegen, kwam het bouwlawaai hun tegemoet. Het kleine graafmachientje vrat zich schuddend en grommend een weg door de eilandbodem, als een terriër op zoek naar een kluif. Ze zag de contouren van & Zn door het plexiglas van de stuurcabine, maar ze keek niet. Niet flirten, niet kinderachtig doen, er stonden belangrijker dingen op het programma.

Terwijl ze hun fietsen parkeerden, klonk van binnen bulderend gelach. Mannenstemmen.

Het bleken de vrienden van Karel, die, gealarmeerd door een telefoontje, poolshoogte kwamen nemen. Het waren er drie, maar het leek een heel leger. Typisch Nederlandse corpsballen, zag Luus, kolossaal, lomp en luidruchtig. Ze stelden zich netjes voor, dat dan weer wel, maar Luus vergat hun namen onmiddellijk.

'Alles goed met je?' vroeg Lisanne bezorgd.

'Beetje hoofdpijn,' loog Luus.

'Boekenplank op je hoofd gehad?' vroeg een van de drie, met een daverend lachsalvo als gevolg.

Buiten raasde & Zn onverminderd voort, het leek alsof hij dwars door Snuukt heen wilde.

Wat doe ik hier? dacht Luus.

'Ik denk dat ik even ga wandelen,' zei ze.

'Wandelen,' vroeg Lana, 'jij? Moet ik het RIAGG bellen?'

'Nee,' zei Luus, 'ik red me wel.'

'Zal ik dan maar meegaan?' vroeg Lana.

'Andere keer, ik wil even een beetje rust.'

Ze voelde de spanning. Ongemakkelijk geschuifel op stoelen, betekenisvolle blikken en ze besefte zelf ook dat ze raar deed. Aandacht trekken, altijd aandacht trekken.

'Zeker weten?' vroeg Lana.

Luus knikte en maakte zich uit de voeten. Niet huilen, niet hier, voor het front van de troepen. Zo snel mogelijk naar zee, een spurt door de golven en nooit meer terugkomen, nergens.

★

Wilco had haar zien komen en gaan, maar dit keer had ze hem geen blik waardig gekeurd. Het verbaasde hem niet. Wijven. Opgegroeid in een huishouden waarin zijn moeder de enige vrouw was, had Wilco het leeuwendeel van zijn kennis over het andere geslacht opgedaan in kleedkamers. Zodoende wist hij dat ze wispelturig waren en dat strookte met zijn eigen ervaringen: het ene moment hingen ze aan je alsof je honing aan je reet had, de dag erop keken ze straal langs je heen. De ene zaterdagavond trokken ze je mee naar het donkerste hoekje van de discotheek, een week later schoven ze als door de muggen gebeten van je weg als je een arm om hen heen wilde slaan.

'Heb je al nieuwe schoenen?'

Hij schrok, want hij had Hugo niet horen aankomen.

'Moet het zo diep?'

Wilco haalde z'n schouders op. Een sleuf van een meter had z'n vader gezegd. Dus groef hij een sleuf van een meter.

'Hier,' zei Hugo.

Hij hield Wilco een briefje van honderd euro onder de neus. Wilco begreep het niet.

'Voor schoenen. Je bent sponsor of je bent het niet.'

Met tegenzin pakte Wilco het aan. Alsof hij zelf geen schoenen kon betalen. Patser.

★

Luus sloeg het Joppe Damstrapad in. Ze hoopte dat het naar het natuurgebied leidde waarover Lisanne al zo vaak had gerept. Het moest er fantastisch zijn, woest en ledig als de aarde vlak voor of net na de schepping.

De stukgereden schelpen knerpten onder haar zolen. Natuurlijk had ze de verkeerde schoenen aan en eens te meer voelde ze zich een pelgrim op boetetocht, net zo dwaas als de types die op hun blote knieën tegen een rotsige berg omhoogkropen. Maar wat was de bedoeling van dit alles? Waarom werd ze zo op de proef gesteld?

Steeds verder liet ze de beschaafde wereld achter zich. Inderdaad werd de omgeving kaler en kaler. Eerst verdwenen de bomen, daarna ook de struiken, en uiteindelijk liep ze door een landschap dat bestond uit stug gras en een heleboel lucht. Ze wist niet of ze het mooi of lelijk vond, het was eigenlijk vooral de immense leegheid die het zo bijzonder maakte.

Vogels snerpten boven haar hoofd. Voor een deel waren het meeuwen, maar er zaten ook andere beesten tussen, met lange rode snavels. Broedseizoen, schoot Luus te binnen. Was ze per ongeluk het natuurreservaat binnengelopen? Stond ze op het punt zeldzame eieren te vertrappen en werd ze belaagd door wanhopige ouders die hun kroost probeerden te beschermen?

Even verder ontdekte ze midden op het pad de bron van de consternatie: een half afgekloven geraamte van een konijn. Grote brutale meeuwen hipten rond het kadaver en vlogen pas op toen ze vlakbij was. Niks geen liefhebbende moeders dus, maar ordinaire lijkenpikkers.

Kadaver. Kattenlijkje. Gekke Lana.

Ergens deed het landschap ook denken aan een savanne. Met een beetje fantasie kon je je voorstellen dat verderop een kudde antilopen graasde.

In de verte zag ze een bewegende stip.

Nog drie dagen, dacht Luus. Of zou ze gewoon vanavond al de boot nemen? Maar waarheen? Waar was thuis? Niet meer bij haar moeder, niet bij haar vader, niet in Florence en ook nog niet in Amsterdam. Ze had erop gerekend dat Lot wel een kamer voor haar zou kunnen regelen, maar bij nader inzien wist ze niet zeker of ze dat wilde. En ook niet of ze überhaupt nog wel naar Amsterdam wilde, want waarom zou ze eigenlijk theaterwetenschappen gaan studeren?

De stip was dichterbij gekomen. Geen antilope, geen giraffe, gewoon een wandelaar.

Plotseling werd ze bang. Ze keek achterom, niemand te

zien. In de verre omtrek was waarschijnlijk geen levende ziel te bekennen. Wat te doen als de naderende tegenligger kwaad in de zin had?

Onzin, gewoon doorlopen. In New York had ze bang moeten zijn, toen ze in haar eentje in de verkeerde wijk belandde met op iedere straathoek een *gang*, maar niet hier, op dit eiland vol vredelievende natuurminnaars.

Toch was er iets in het silhouet dat haar angst aanjoeg, of was het alleen het idee dat niemand iets zou horen als hij zich op haar zou storten?

Ze besloot niet af te wachten, zelf het initiatief te nemen. Ze verliet het pad, liep een eindje door het kniehoge gras en bleef toen staan. Ze tuurde aandachtig naar de horizon, maar volgde vanuit haar ooghoek de gangen van haar belager.

In eerste instantie vervolgde hij rustig zijn weg, maar op het punt waarop ze het pad had verlaten, bleef hij staan.

M'n mobieltje, dacht Luus totaal in paniek, en voelde in haar zak.

Ze zag hem niet meer, maar hoorde hem naderen.

'Iets bijzonders te zien?'

Ze keek op. Een oudere, gebruinde man. Versleten petje, halflege rugzak, korte broek, zwarte hoge gymschoenen. Indringende blauwe ogen.

'Nee,' zei Luus, 'ik wacht op m'n vriend.'

Ze hield haar mobieltje duidelijk zichtbaar voor zich.

'Hier?'

Meteen daarna sloeg hij met z'n hand hard tegen z'n kuit.

'Horzels,' zei hij en vertelde dat hij er al wel vijftig had vermorzeld. Hij was die ochtend vroeg vertrokken vanaf de wal, was het wad overgestoken en nu op weg naar het dorp. Snel even douchen en omkleden in het hotel en dan kon hij nog net met de boot van half drie terug. Die tocht maakte hij minstens twee keer per jaar en iedere keer was het weer een unieke belevenis, vond ze ook niet?

'Ik ben hier voor het eerst,' bekende Luus.

'Weet je zeker dat hij komt?'

'Wie?'

'Je vriend.'

'Ik hoop het,' zei Luus, 'hij ging nog even terug om z'n verrekijker te halen.'

'Als ik hem tegenkom zal ik zeggen dat je met smart op hem wacht,' lachte de man. Hij draaide zich om en beende verder.

Opgelucht keek Luus hem na, terwijl ze zich afvroeg sinds wanneer ze zo paranoïde was. Daarna liep ze nog even verder de rimboe in, maar vreemd genoeg had de ontmoeting haar het vertrouwen in de mensheid teruggegeven. Ze begreep niet waarom, maar ze werd vrolijk van zo'n einzelganger die op z'n oude dag dwars door de wildernis struinde. Achteraf kwam hij haar ook vaag bekend voor. Een oudminister of zo?

Op de terugweg wilde ze een stukje afsteken. Daarbij kwam ze langs een kleine begraafplaats, omzoomd door braamstruiken en gebochelde eiken. De plek intrigeerde haar: waarom een kerkhof zo ver buiten het dorp?

Ze duwde het ijzeren hek open en wandelde langs de grafstenen. Uit de jaartallen begreep ze dat het oorlogsslachtoffers waren, Britse en Duitse soldaten. Sommige werden met naam vermeld, anderen waren onbekend gebleven. *Known unto God.* Vooral de leeftijd trof haar: achttien jaar, ver van huis gesneuveld en anoniem begraven. Voor de tweede keer binnen een paar uur balanceerde ze op de rand van een huilbui en dit keer was er eigenlijk geen reden om het tegen te houden.

Het werd tijd dat ze volwassen werd, alle signalen wezen eenduidig in die richting. *Grow up!* Het werd tijd voor het serieuze werk. Geen geflirt meer, geen sentimenteel gedoe over een verloren liefde in Italië.

Ze zette haar mobieltje uit, ze hoefde niet meer bereikbaar te zijn. Vervolgens pakte ze haar pakje sigaretten en dumpte het in de afvalbak bij de ingang van de begraafplaats. Ze zoog haar longen nog eens vol vitale zeelucht en een rilling langs haar ruggengraat bevestigde dat het een goed besluit was.

★

'Effe zitten,' zei Doevendans senior. Hij zeeg neer in een tuinstoel en schonk zichzelf een glas appelsap in.

Het verbaasde Wilco. Meestal was zijn vader niet zo snel met pauzeren. Zelf pakte hij z'n pak volle melk en zette het aan z'n mond.

'Benauwd,' zei z'n vader en hij frunnikte aan de boord van z'n overhemd. Hij rook bovenmatig naar zweet.

'Wel lekker,' zei Wilco, maar zijn vader leek het niet te horen. Hij leunde met z'n voorhoofd tegen z'n hand en staarde naar de grond tussen z'n voeten.

'We moeten maar niet te lang doorgaan vandaag,' zei hij toen.

'En die bekisting dan?'

'Morgen is er weer een dag.'

'Je wordt toch niet ziek?' vroeg Wilco, meer als grap dan uit bezorgdheid, want voor zover hij wist had z'n vader nog nooit een dag het bed gehouden. Verkoudheid, griep, een gekneusde rib: Doevendans senior werkte gewoon door.

'Nee, maar jij hebt dadelijk toch die training. Dan moet je niet al te afgepeigerd zijn.'

★

'Je hebt je zin,' zei Lisanne, 'morgen gaan we uit eten.'

Tijdens Luus' afwezigheid had buurman opnieuw zijn opwachting gemaakt. Hij had zich nogmaals verontschuldigd voor de overlast en als compensatie had hij hen uitgenodigd voor een diner in het hotel.

'Balen hè?' zei Lana.

'Hoezo?'

78

'Dat je hem bent misgelopen.'

Hoewel Luus zichzelf op weg naar huis nogmaals had gezworen dat mannen haar voortaan koud zouden laten, moest ze bekennen dat ze het inderdaad jammer vond en dat ze onmiddellijk fantaseerde over het moment dat ze tegenover hem aan tafel zou zitten.

'Goed dat je terug bent,' vervolgde Lana, 'we gaan dadelijk een piss-off houden.'

'Lana!' zei Lisanne bestraffend.

'Een wat?' vroeg Luus.

'Volgens Karel is dat heel normaal voor zeevaarders. Je gaat met z'n allen langs de reling staan...'

'Aan de leizijde,' onderbrak Karel, 'dus niet tegen de wind in. Om voor de hand liggende redenen.'

'... gulp open en dan kijken wie het langst kan pissen.'

'Of het verst,' zei Karel zo zelfingenomen, dat Luus meteen begreep dat Karel in beide gevallen de overtuigende winnaar zou zijn.

★

Zodra hij de kleedkamer binnenstapte ging het mis. Er zaten al een paar mannen, die wel even opkeken, maar gewoon verder praatten. Dus liep Wilco naar een lege hoek en begon zich om te kleden.

Wat er gezegd werd kon hij nauwelijks verstaan, maar op een gegeven moment dacht hij iets op te vangen als 'aannemer' en 'onderkruipsel'. Toen hij even hun kant uit keek ving hij inderdaad vijandige blikken op.

'Wij zeggen hier altijd goeienavond als we ergens binnenkomen,' zei een van hen, een bonkige vent met een roodverbrande stekeltjeskop.

'Goeienavond,' mompelde Wilco.

'En daarna stellen we ons netjes voor,' vervolgde de man.

Op dat moment had hij z'n tas weer moeten inpakken en rechtsomkeert maken, maar dat bedacht hij later pas. Met tegenzin verliet Wilco z'n hoek en gaf de aanwezigen een hand.

Het was nog niks vergeleken met de training zelf. De opwarmende oefeningen kwam hij nog redelijk door, want qua techniek was hij de anderen ruimschoots de baas, maar toen kwam het afsluitende partijtje: acht tegen acht. Hij werd opgesteld als linkerverdediger en verder moest hij maar zien. Wat hij zag was dat zijn medespelers hem voortdurend oversloegen. Zodra hij de kans kreeg trok hij mee naar voren, zoals hij dat gewend was, want zijn grootste waarde school immers in zijn alomtegenwoordigheid, zijn op longinhoud gebaseerde vermogen om een wedstrijd lang de hele linkerkant te bestrijken. Maar hoe vrij hij ook stond, nooit werd hij aangespeeld. Het kwam er dus op neer dat hij zelf de bal moest veroveren. De eerste keer deed hij dat meteen dermate fanatiek dat het hem op een waarschuwing van de trainer kwam te staan.

'Rustig aan hè, we zijn hier niet in de race voor de Champions League.'

Dat probeerde Wilco vervolgens ook wel, maar rustig aan voetballen lag niet in z'n aard. Trainingspotje, oefenwedstrijd of finale: het maakte hem niet uit, hij ging er altijd vol in. Zijn directe tegenstander was een gebruinde vent, midden dertig maar nog behoorlijk snel, dus bij balverlies van z'n voorhoede moest Wilco als een speer terug. De eerste vier keer ging dat goed en was hij op tijd terug om de diepe bal te onderscheppen, direct of met een keurige sliding.

De vijfde keer was hij iets te laat. Hij dacht dat hij er nog wel bij kon en onder andere omstandigheden – natter gras, een egaal veld, ingelopen schoenen – was het misschien ook wel gelukt, maar nu raakte hij de doorgebroken man vol op de enkel. Het slachtoffer vloog door de lucht, kwam hard neer en bleef kermend liggen.

Meteen werd Wilco belaagd en voor hij er erg in had kreeg hij een vuistslag die hem velde en alleen omdat de trainer zijn aanvaller op de rug sprong, bleef hij van schoppen verschoond. De huid rond zijn jukbeen begon op te zwellen voelde hij, maar iedereen bekommerde zich enkel om zijn tegenstander.

'Gebroken sleutelbeen.'

'Schouder uit de kom.'

Het leidde tot felle woordenwisselingen, waar Wilco slechts bij vlagen iets van verstond, hoewel hij al snel begreep dat veruit de meerderheid sprak van een schandalige tackle en slechts een minieme minderheid van een ongeluk dat iedereen kon overkomen. Een van degenen die de laatste mening waren toegedaan, een kalende man met een vriendelijk hoofd, ontfermde zich uiteindelijk over Wilco en begeleidde hem naar de kleedkamer.

'Ik zou het je niet te veel aantrekken,' zei hij, 'maar als ik jou was zou ik me hier voorlopig even niet laten zien. Het zijn beste jongens, maar als ze zich onrecht aangedaan voelen, zijn het stijfkoppen.'

★

'Trouwens,' zei Lisanne, 'vanavond hebben we gasten. Karels vrienden komen eten.'

'Mij best,' zei Luus, 'zal ik de drank verzorgen?'

'Hoeft niet,' bromde Karel vanaf de bank, 'dat doen wij al.'

'Wij?'

'Zij. De maten.'

Zijn woorden gingen gedeeltelijk verloren in het aanzwellende gedaver van een laag vliegende helikopter.

'Lot, kom snel protesteren,' riep Luus, 'de Yankees openen de aanval!'

Lisanne was voor het raam gaan staan en tuurde omhoog. 'Die gaat waarschijnlijk naar het ziekenhuis op de wal. Misschien heeft er iemand een hartaanval gehad.'

De andere drie hadden al besloten dat het een pilavschotel zou worden, want pasta aten ze volgens Karel al de hele week. De boodschappen waren gedaan en omdat er geen lamsvlees te krijgen was, had Lisanne maar hamlappen genomen en voor Lot pittige tofu.

Luus vond het allemaal best, ze bood zelfs aan om uien te pellen of de sla te wassen. Wel had ze sterke aanvechtingen om toch even haar mobieltje te checken; stel dat, dan zou het toch wel erg sneu zijn als ze helemaal niks van zich liet horen. Maar ze bleef sterk, al nam ze wel vast een wit wijntje om op haar nieuwe toekomst te proosten.

Op dat moment herinnerde ze zich haar voornemen om meer aandacht aan Lana te schenken.

'Hoe is het met je dromenverzameling?' vroeg ze.

'Tja,' zei Lana en ze ging verzitten. Misschien niet helemaal het goede moment, bedacht Luus te laat.

'Sorry,' zei ze, 'je hoeft er natuurlijk niet op in te gaan...'

'Waarom vraag je het dan?' vroeg Lana oprecht verbaasd.

'Ik ben wel nieuwsgierig,' zei Luus, 'maar misschien heb je wel helemaal geen zin om erover te vertellen.'

Lana dacht na en Luus wilde dat ze er nooit over was begonnen.

'Als je niet wilt, hoeft het niet hoor, ik bedoel alleen...'

'Stil nou,' onderbrak Lana haar, 'ik denk even of er wat valt te vertellen.'

Lana was toch wel raarder geworden, constateerde Luus. Alsof ze maar half aanwezig was, alsof een deel van haar persoon naar believen de kamer in en uit zweefde, terwijl haar lichaam gewoon bleef zitten en verder praatte.

'Nou ja,' zei Lana ineens, 'er valt eigenlijk niet zo veel over te vertellen. Ik bedoel, het worden er steeds meer, in alle categorieën. En er komen ook steeds weer nieuwe categorieën bij, in de categorie oorlogsdromen heb ik nu bijvoorbeeld ook een map onderduikdromen, daar heb ik er al een stuk of vier van.'

'Onderduikdromen?' vroeg Luus.

'Maar ik heb er ook hele leuke bij, vliegdromen bijvoorbeeld. In tijd van nood hoef ik dan alleen maar een aanloop te nemen en hup, daar ga ik de lucht in en fladder ik over alles en iedereen heen.'

'Dat vind ik toch zo knap,' zei Luus, 'ik vergeet m'n dromen meestal. Schrijf je ze eigenlijk op?'

'Waarom zou ik? Ik onthoud ze toch wel, of ik wil of niet. Zolderdromen heb ik ook weer veel, dat ik over onze zolder loop en dat er opeens allemaal extra deuren zijn. En daar zitten dan hele grote kamers achter, heerlijk, dat is zo'n opluchting! Het idee dat je nog een zee aan ruimte hebt. Alleen is het dak vaak kapot en kijk je dwars door de planken heen de hemel in.'

Luus hoorde het maar half, want op de keper beschouwd interesseerden andermans dromen haar niet bovenmatig, zelfs die van Lana niet. Tegelijkertijd moest ze bekennen dat ze het eigenlijk best naar haar zin had en opeens vroeg ze zich af wat haar vanmiddag toch had bezield.

★

'Wat heb jij gedaan?' vroeg Linda onthutst.

'Gevoetbald.'

'Wacht even, ik haal wat ijs.'

Ze was al weg en hoorde niet dat Wilco mompelde dat het niet nodig was. Noodgedwongen wachtte hij tot Linda terugkwam.

'Hiermee slinkt het wel,' zei ze, terwijl ze hem een rammelende plastic zak overhandigde. 'Ik kom straks nog wel even langs.'

Wilco pakte de zak aan en ging naar boven.

★

'Stop,' zei Lana. 'Ik wil niet *weer* zo dronken worden. Het loopt nog een keer slecht met me af.'

'Niet zeiken,' zei Luus, 'zuipen.' Ze goot Lana's glas helemaal vol. De jongen tegenover haar grinnikte. Hij had een naam, iets raars, iets middeleeuws, Hilbrand, Halewijn...

'Doe mij ook maar,' zei hij en hij hield z'n glas bij.

Hij was trouwens niet onaardig, al praatte hij te hard. Hij hield haar een pakje sigaretten voor en automatisch stak ze er eentje op.

'Ik dacht dat je gestopt was,' zei Lot.

'Kut!' schrok Luus. Terwijl ze de rook zo diep mogelijk inhaleerde, drukte ze de sigaret uit in het afgekoelde hoopje zilvervliesrijst op haar bord.

Intussen genoot ze met volle teugen. Eindelijk was het weer leuk, eindelijk was het weer vertrouwd. Ergens in haar achterhoofd spartelde nog de herinnering aan een leeg landschap en een kloek besluit, maar die herinnering vervaagde snel en was geen partij voor de combinatie mannen en alcohol. Ze vond het niet erg dat de gesprekslijn bestond uit een keten van anekdotes en pesterijtjes, dat de jongens steeds luidruchtiger werden en de ogen van het heerschap tegenover haar – Willibrord, Engelbert, Florian? – steeds vaker afzakten naar haar decolleté. Zelf was hij bij nader inzien ook niet eens zo onaantrekkelijk.

★

Wilco hoorde het geklop op z'n kamerdeur wel, maar hij zat net in een herhaling van de UEFA-cup-finale. Die had hij weliswaar thuis op video, maar hij kon zich nu eenmaal moeilijk losmaken van bewegende voetbalplaatjes. Bovendien was het waarschijnlijk Linda, die weer iets van hem wilde.

Maar het kon ook z'n vader zijn met een verandering in het werkschema voor de volgende dag, dus legde hij de ijszak op het nachtkastje en kwam overeind. Pas toen realiseerde hij zich dat hij nog steeds niet had gedoucht.

Het was Linda.

'Ik heb dienst, maar een collegaatje neemt me even waar,' zei ze.

Wilco ging weer op bed liggen en legde de zak op z'n

plaats. Ze nestelde zich op de rand van het bed, haar kont tegen z'n heup.

Ze wilde weten wat er eigenlijk gebeurd was en Wilco deed het in het kort uit de doeken.

'Maar wie heeft je daar dan geïntroduceerd?'

Hugo. De patser. De ongelofelijke eikel.

'Je mag wel uitkijken. Meestal bemoeien eilanders zich nauwelijks met mensen van de wal. En dat is maar beter ook.'

'Woon jij hier dan niet?' vroeg Wilco.

'Ik? Nee, we zijn naar Groningen verhuisd, dat is makkelijker met school. Ik doe hier alleen nog vakantiewerk.'

Ze wachtte even, zodat Wilco kon vragen *welke* school, maar dat deed hij niet. Hij hoopte eigenlijk dat ze op zou rotten, zodat hij verder kon kijken. Dadelijk kwam de 2-2 van Henke Larsson.

'Ik doe maatschappelijk werk.'

Onbegrijpelijk dat ze Larsson zo vrij lieten.

'Misschien moet je het slachtoffer een bloemetje brengen. Maar ik zal eerst eens informeren wie het is en wat hij precies heeft.'

Weer werd er op de deur geklopt.

'Ik ga wel even,' zei ze.

'Kijk nou eens,' hoorde Wilco z'n vader zeggen, 'ik stoor toch niet?'

★

'Ik *moet* frisse lucht,' zei Lana.

'Weet je wat we kunnen doen?' zei Lisanne. 'Naar de Belvédère. Als het onbewolkt is heb je daar een prachtig uitzicht. Dan kun je de vuurtorens van de andere eilanden zien en de sterren.'

Probleem was alleen hoe ze er moesten komen. Ze hadden weliswaar vier fietsen voor acht personen, maar eentje had geen bagagedrager.

'Ik kan wel fietsen met iemand op de stang en iemand

achterop,' zei Luus' tafelheer, wiens naam ze tussendoor een paar keer had opgevangen, maar die haar nu toch weer ontschoten was.

Aldus geschiedde. Niet zonder moeite nestelde Luus zich tussen de armen van de jongen.

'Ga jij bij Sigurd op de stang?' vroeg Karel.

Sigurd, prentte Luus zich in, onthouden!

Overigens verkeerde ze in precies de juiste staat van dronkenschap: de zalige roes die drempels, ongemakken en irritaties egaliseerde. Alles tintelde, alles bruiste, iedereen was grappig, lief, aantrekkelijk of alle drie tegelijk. *Party-time!*

Lana ging achterop en Sigurd zette het geheel in gang. Pas op de asfaltweg slaagde hij erin enigszins koers te houden.

'Lekker luchtje,' snoof hij in Luus' hals.

'Let liever op de weg.'

'Met zo'n beschermengel is dat niet nodig.'

Ze voelde tastende lippen in haar nek.

'Pas op Luus,' zei Lana, 'hij wil je nek zoenen.'

'Dat doet-ie al,' zei Luus.

'Zal ik m'n stiletto pakken?' vroeg Lana.

Luus lachte zo hard dat ze weer een vervaarlijke slinger maakten.

Ze reden het dorp uit en passeerden de laatste straatlantaarn. Meteen was het aardedonker, met als voordeel dat Sigurd nu echt al z'n aandacht nodig had voor het fietsen. Niet dat ze bang voor hem was, het was hooguit hinderlijk, als een potje ganzenborden met een kind dat de spelregels nog niet helemaal kent.

Ze bereikten de voet van het duin waarop de Belvédère was gebouwd. Een lange trap leidde naar het stervormige terras waarvandaan je inderdaad een ongehinderd uitzicht had over het wad bij nacht.

Sigurd was Luus gevolgd en zodra ze stilstond bij de balustrade, drong hij tegen haar aan en begon te zoenen.

En ach, waarom ook niet?

Op de achtergrond kwetterde Lisanne over havens en schepen op zee. Iemand boerde.

Echt vindingrijk was Sigurd niet en na een paar minuten maakte Luus zich los. Ze draaide zich weer om naar het hek en de zwarte verte die met knipperlichtjes was versierd. Meteen perste Sigurd zijn borstkas tegen haar rug, zijn lippen in haar hals. Met beide handen bevoelde hij haar borsten.

Nou nee, dacht Luus, al was het niet onprettig.

'Dat moesten we maar niet doen,' zei ze. 'Kijk, de Grote Beer!'

'Ja,' hijgde Sigurd in haar oor, 'de grote geile beer.'

Weer begon hij haar hals te lebberen en weer omklemde hij haar boezem.

'Meer een ongelikte,' zei Luus.

Ze duwde hem van zich af en tegelijkertijd kreeg ze een idee. Een heel goed idee zelfs.

'Oké mannen!' riep ze. 'Hoogste tijd voor een piss-off! Nou wil ik het ook wel eens meemaken.'

Ze dirigeerde de mannen naar de rand van de Belvedère en liet ze op de balustrade klimmen, met hun gezicht naar het donker. De balustrade was de reling, de nacht was de zee en zij de kapitein.

Natuurlijk ging ze te ver, veel te ver, maar het was zo leuk: die vier stoere kerels op een rijtje, braaf als hondjes, mak als matroosjes. Zelfs Karel.

'Oké!' riep Luus, 'flys down, herstel, gulpen neer!'

'Waar zijn jullie mee bézig...' piepte Lisanne.

'En pissen maar!'

Gejoel en geklater.

'Come on girls, cheer!'

Alleen Lana joelde met haar mee.

Sigurd won en wilde als beloning een zoen van de rondemiss.

'Zullen we maar eens teruggaan?' zei Lisanne.

★

87

Doorgaans sliep Wilco als een blok in, hij was niet het type om een dag te herkauwen of wakker te liggen van naderende gebeurtenissen, maar die donderdag was er toch te veel gebeurd. Flarden voetbaltraining spookten door zijn hoofd, herhalingen in slowmotion. Moest hij inderdaad een bloemetje sturen naar die gast met z'n gebroken sleutelbeen? En zo ja, hoe organiseerde je zoiets?

Hij had zich behoorlijk in de nesten gewerkt, concludeerde Wilco. En daaraan had maar één iemand schuld.

★

'Kom op,' zeurde Sigurd. Hij drukte zijn opgewonden onderlijf nog nadrukkelijker tegen dat van Luus en verstevigde zijn greep op haar billen. 'Het wordt net leuk,' hijgde hij.

'Daarom juist,' zei Luus en ze probeerde hem weg te duwen, 'je moet stoppen op het hoogtepunt.'

'Ja, hoogtepunt,' kreunde Sigurd. Hij reed tegen haar aan, terwijl hij haar opnieuw begon te zoenen.

Weer raakte Luus in tweestrijd. Was er iets doorslaggevends tegen een vluggertje? Morgen zou hij wegvaren, dus de kans op complicaties was miniem. Tegelijkertijd dacht ze ineens aan & Zn en besloot dat ze toch liever hem had dan deze knul. Hoe heette hij ook maar weer?

Ze probeerde zich uit z'n omarming te bevrijden.

'Finito, basta,' zei ze, maar hij reed alleen maar harder.

'Hallo,' zei Luus, 'einde oefening. Op de plaats rust!'

Ze probeerde van hem weg te draaien, maar hij greep haar bij haar middel.

'Afblijven!' riep Luus en sloeg hard op z'n hand.

Dat hielp.

Hij vloekte en begon te protesteren. Dat ze een stomme doos was en dat ze het niet kon maken, dat ze nu niet meer terug kon en dat ze zelf ook best wilde, of niet soms?

'Wat een *jerk*,' schold Luus, toen ze eenmaal binnen was.

Later in bed vertelde ze het verhaal aan Lana, die niet

meer bijkwam, hoewel ze ook oprecht onthutst was over zoveel opdringerigheid. En dat verbaasde Luus weer.

'Dat maak jij toch ook wel mee,' zei ze.

'Ik?' zei Lana. 'Nee hoor, daar hou ik me verre van.'

'En met dat trio dan?'

'Daar is eigenlijk niks van waar.'

'Hoe bedoel je?'

'Dat heb ik verzonnen.'

'Verzonnen?!'

Het was, zei Lana, een opwelling geweest. Ze had iedereen voor willen zijn, want ze had ontzettend opgezien tegen alle wilde verhalen, terwijl ze zelf nog steeds niks had meegemaakt op dat gebied.

'Hoe kan dat nou,' zei Luus, 'je hebt toch ook wel eens iets met een jongen?'

Iets wel, maar echt seks, nee, dat had Lana nog nooit gehad.

'Dat *meen* je niet,' flapte Luus eruit en ze merkte meteen dat het niet de adequate reactie was. Boven haar bleef het stil.

'Sorry,' zei ze.

Nog steeds gaf Lana geen teken van leven en Luus voelde zich gedwongen om op te staan. Ze wilde haar hand op Lana's hoofd leggen, maar stuitte op een natte wang.

'Schik maar weer op,' zei Luus en ze kroop onder het dekbed.

Het was om gek van te worden, vertelde Lana hortend en stotend. Als ze al niet gek was, want dat was waarschijnlijk het probleem. Zo af en toe was er best een knul die belangstelling voor haar had, maar voordat het echt serieus werd, kwam er altijd iets tussen. Een kattenlijkje bijvoorbeeld, want dat gedeelte van het verhaal was *wel* echt gebeurd, zij het met een andere jongen in een andere situatie. Die keer was ze er helemaal klaar voor geweest, maar na haar ontboezeming had de jongen in kwestie al snel de aftocht geblazen en hij had haar nadien opzichtig ontweken.

'Lisanne denkt dat ik gewoon moet wachten op de ware, dat het dan allemaal vanzelf gaat,' zuchtte Lana.

'Daar zou ik het niet op aan laten komen,' zei Luus.

'Dat dacht ik al,' zei Lana. 'Jij had het natuurlijk helemaal van a tot z gepland.'

'Hoe weet je dat?'

'Laat maar. Details graag.'

En Luus vertelde. Niets opzienbarends vond ze zelf, al koesterde ze de herinnering als een schoolvoorbeeld van doelgericht handelen. Ze had een vriend van haar broer uitgekozen, van wie ze zeker wist dat hij enige ervaring had, want ze had geen zin in eindeloos geklungel. Vervolgens had ze hem gewoon verleid.

'Gewoon verleid,' herhaalde Lana mismoedig.

'Je moet het lot een beetje in eigen hand nemen,' zei Luus, niet wetend hoezeer ze dat advies zou gaan betreuren.

Een zomerse vrijdag

'Hoe is het nu met je wang?' vroeg Senior.

'Over,' zei Wilco, want de zwelling was vrijwel verdwenen. Tegenover zijn vader had hij de avond tevoren beweerd dat hij bij een kopduel een elleboog in z'n gezicht had gekregen. Nog steeds had hij geen zin om hem te vertellen hoe de vork werkelijk in de steel zat. Hoe minder hij z'n vader vertelde, hoe minder die had te zeiken.

'En wat moest die meid eigenlijk?' vroeg Senior.

Wilco wist het niet. Hij wist alleen dat ze na een tijdje weer weggegaan was, hoewel ze bij de deur nog eindeloos had getreuzeld, waardoor hij niet had kunnen verstaan of Robben nu echt naar Manchester ging of niet.

Maar z'n grootste probleem was het bloemstuk. Hij had beroerd geslapen en dacht voortdurend aan het bloemstuk dat hij moest gaan kopen en bezorgen. Of was een fruitmand beter? Hij roerde in z'n koffie en staarde voor zich uit.

Opeens ook trof hem de onrechtvaardigheid van de situatie waarin hij was beland. In het huisje naast hem was alles nog in diepe rust, die wijven sliepen een gat in de dag, en als ze straks met hun luie reet uit bed kwamen, spookten ze nog geen moer uit. Ondertussen werkte hij zich in het zweet voor die eikel van een Hugo, die hem ook nog eens had opgezadeld met de woede van de halve voetbalclub.

Ondanks het gebrek aan nachtrust was Wilco die ochtend gewoon gaan trainen, want dat was nog het beroerdste van de hele kwestie: hij had belangrijker dingen aan z'n hoofd. Als hij straks in augustus bij de selectie kwam, moest hij topfit zijn, dan moest hij het laten zien.

Rennend door de straten van het dorp had hij zichzelf erop betrapt dat hij goed in de gaten hield of er niet ergens iemand van de club opdook die kwaad in de zin kon hebben. Echt bang was hij overigens niet, hij had wel eens vaker een potje geknokt, maar hij had gewoon geen zin in trammelant.

'Ze is toch wel weer naar huis gegaan?'

'Wat?' vroeg Wilco, want het duurde even voor hij begreep dat z'n vader het nog steeds over Linda had.

'Dat dikkertje, is die weer naar huis gegaan?'

'Nee,' zei Wilco balorig.

'Is ze blijven slapen?'

'Nee.'

'Dus ze is niet blijven slapen.'

'Nee.'

'En ook niet naar huis gegaan.'

'Nee.'

'Dat kan niet. Het is van tweeën één: óf ze is blijven slapen, óf ze is naar huis gegaan.'

'Nee.'

'Waar heeft ze dan geslapen?'

'In een kampeerboerderij.'

'Zeg dat dan.'

★

Ook Luus werd wakker met hoofdpijn. Nadat ze naar het toilet was geweest, zette ze uit gewoonte haar mobiel aan. Eén bericht.

'Fabio,' zei Lana.

'Hoe weet jij dat?'

'Wat schrijft hij?'

Helemaal begreep Luus het niet, maar het had iets te maken met bepaalde instanties die geld of toestemming hadden verleend, of allebei. Hoe dan ook, over drie maanden werd hij in Eritrea verwacht. Met of zonder partner.

'Kut,' zei Luus en ze was echt in paniek.

'Hoezo?'

'Net nu ik besloten heb dat het definitief over en uit is, stuurt hij zo'n bericht.'

'Dus nu begin je toch weer te twijfelen.'

'*No way*. Wat moet ik in Afrika? Al die inentingen, vreselijk! En het helpt niet eens, ook als je ingeënt bent kun je malaria krijgen.'

'Ik denk dat je gaat,' zei Lana en ze gaapte.

Luus pakte haar felrode strapless jurkje uit haar tas en hing het zo goed en zo kwaad als het ging op een knaapje, zodat de kreukels er een beetje uit konden zakken. Goed dat ik het heb meegenomen, dacht ze, want een beetje extra zelfvertrouwen kon ze wel gebruiken bij het diner met de buurman.

★

Karel had nog steeds een lichte hoofdpijn, maar hij had besloten het er toch maar op te wagen en na het ontbijt bracht Lisanne hem op de fiets naar de jachthaven.

Voor het eerst was het zonnig genoeg om buiten op het terras te ontbijten, maar dank zij Doevendans & Zn zaten ze in de herrie.

'Wat moet ik nou?' klaagde Luus. Ze was de wanhoop nabij. Ze dacht steeds aan de laatste keer dat ze Fabio gezien had, op het vliegveld van Pisa. In een kiosk in de vertrekhal had hij in tijdschriften staan bladeren, tot vlak voor het moment dat ze moest inchecken. Opzettelijk, wist ze, want volgens hem viel er niets meer te zeggen. Ook bij het uiteindelijke afscheid had hij gezwegen, de hele omhelzing lang had hij niets gefluisterd, niets gemompeld, terwijl haar de tranen over de wangen stroomden.

'Wat is het probleem?' vroeg Lot.

'Ze heeft de ware ontmoet,' vatte Lana samen, 'maar die wil liever naar Afrika dan feesten met deze prinses hier. Lullig hè?'

Doos, dacht Luus grimmig, vannacht piepte je wel anders.

'Volgens mij is het eigenlijk meer iemand voor jou, Lot,' zei Lana, 'als ik het goed begrijp is hij ook zo'n type dat de mensheid wil redden van de ondergang.'

Ondertussen brandde de zon steeds harder en Luus, die pal achter het glazen windscherm zat, kreeg het warm. Omdat ze te lui was om naar binnen te gaan en haar bikini aan te trekken, deed ze simpelweg haar topje uit, maar net op dat moment dook & Zn op naast de sleuf die hij de dag ervoor had gegraven. Hij deed of hij niet in de gaten had dat ze er zaten, hij zei tenminste geen boe of bah, maar het volgende moment gleed z'n ene been weg en tuimelde hij half in de greppel. Nog steeds gaf hij geen krimp en deed in plaats daarvan alsof het altijd al zijn bedoeling was geweest om op die manier af te dalen.

'Ook goeiemorgen,' zei Lana.

Pas toen keek hij verschrikt op en maakte zich ineens haastig uit de voeten.

'Wat een rare jongen is dat toch,' zei Lana, nadat hij weer verdwenen was en niemand begreep wat hij eigenlijk had uitgevoerd.

'Raar?'

'Ja,' zei Lana, 'die lege ogen.'

'Ik vind ze juist wel mooi,' zei Luus.

'Ze doen me denken aan honden die door hun baas aan een boom zijn vastgebonden voordat de familie met de caravan naar Frankrijk vertrok,' zei Lana. 'Die beesten kijken ook altijd zo droevig. Nee, niet droevig, maar bedrogen.'

*

'Noem je dit haaks?'

'Ongeveer,' zei Wilco.

'Ongeveer!' sneerde Senior. Hij was echt kwaad, maar het lukte Wilco nauwelijks om zich beter te concentreren. De uitdagende blik waarmee ze zich had uitgekleed sprak immers boekdelen en het kostte hem geen enkele moeite om het tafereel opnieuw af te spelen, integendeel, het ging vanzelf. Keer op keer zag hij hoe ze haar armen kruiste en de onderkant van haar shirt pakte, hoe haar hoofd even in het textiel verdween en daarna weer boven kwam, hoe ze haar haar schudde en iets aan haar zwarte beha verschikte. En al die tijd keek ze hem aan. Maar waarom in godsnaam, wat wilde dat mens?

★

'Weet je waar ik zin in heb?' zei Luus. 'Een ritje in een cabrio. Het is echt cabrioweer.'

'Ik weet niet of je het gemerkt hebt,' zei Lot, 'maar dit eiland is autoluw.'

Lana gniffelde.

'Ik heb jullie zo gemist,' zei ze. 'Ik hou echt van jullie!'

Luus en Lot keken elkaar verbaasd aan.

'Weet je nog van die spacecake?'

Luus wist het nog maar al te goed. Dagenlange discussies, voorafgaand aan een feest dat ze met z'n vieren op touw hadden gezet. Een midzomernachtfeest, in de tuin van de ouders van Lot. Lot was op het idee gekomen om een spacecake te serveren, een plan dat door Lisanne natuurlijk onmiddellijk naar de prullenbak was verwezen. Ook Luus was er fel tegen gekant geweest, want hasj stond voor haar gelijk aan drugs. Waarop Lot haar natuurlijk had voorgehouden dat een joint op z'n tijd niet half zo schadelijk was als overmatig alcoholgebruik, want ook toen al was Luus van hen vieren degene die verreweg het meest dronk.

'Ik heb me nog nooit zo beroerd gevoeld,' zei Lana, 'ik dacht echt dat ik doodging. Ik heb uren op de plee gezeten, het ene moment had ik koorts en het volgende zat ik te rillen van de kou. Ondertussen zag ik overal zilvervisjes, duizenden zilvervisjes, over de muren, onder m'n voeten, overal.'

'Toch kan dat nauwelijks van de weed zijn gekomen,' zei

Lot, 'er zat bijna niks in. Zelf heb ik er tenminste niks van gemerkt.'

'En jij in die heksenkleren,' lachte Luus bij de herinnering, want het feest viel midden in Lana's gothic avontuur. 'Om middernacht zou je toch een rituele dans uitvoeren?'

'O ja, om de maan te vereren,' zei Lot.

'Toch was het echt een gaaf feest,' zei Luus vergenoegd.

Achter de heg kwam & Zn weer tevoorschijn. Ook hij had zijn bovenlijf ontbloot. En terecht!

'En die jongen die je bij je had,' zei Luus. 'Zo'n bleke knul met dat zwartgeverfde haar. Hij speelde in zo'n bandje, van die vage muziek. Jan de Wit of zo?'

'Hans,' verbeterde Lana.

'Daar had je toch iets mee?'

'Niet echt,' zei Lana, 'of juist heel veel.'

'Sorry?'

'We hadden altijd hele goeie gesprekken. Ik kan me nog herinneren dat we een keer een nachtwandeling zijn gaan maken, dwars door de Onzalige Bossen. In de herfst. We zijn in een boom geklommen en daar hebben we uren zitten kletsen, allebei op een tak.'

'O ja,' lachte Luus, 'dat heb je verteld. Dat vond ik toen al zo'n freaky verhaal. Twee van die nachtuilen in een boom.'

Gorgeous, dat was de enige juiste omschrijving van & Zn's lijf. Zo'n torso, daar kon Luus uren naar kijken.

'Hij is trouwens dood,' zei Lana.

'Wie?'

'Wat denk je?'

'Jan de Wit?'

'Hans.'

'Dat *meen* je niet.'

Ze meende het wel. Geen zelfmoord, zoals Luus prompt veronderstelde, maar acute leukemie. Lana had het niet van nabij meegemaakt, want in het eindexamenjaar was ze hem uit het oog verloren. Toch was ze wel naar zijn begrafenis gegaan, een indrukwekkende plechtigheid, waarbij een bandlid saxofoon had gespeeld en waar bovendien een cd was gedraaid waarop Hans de Wit zelf als zanger te horen was geweest.

'Hij had een hele speciale stem,' mijmerde Lana, 'iets tussen bramen en frambozen in.'

'Heavy hoor,' zei Luus. Ze had haar zonnebril opgezet en genoot ongehinderd van & Zn's bewegingen.

Op dat moment kwam Lisanne terug. Ze hoorden hoe ze de fiets tegen het huisje stalde en een paar seconden later verscheen ze rood aangelopen op het terras. Rond haar neus was ze daarentegen juist heel wit, wat haar gezicht iets clownesks gaf.

'Pfff,' zuchtte ze, 'het wordt echt warm!'

Toen keek ze naar Luus en haar gezicht betrok. Ze leek nog roder te worden en onder haar slapen verstrakte haar kaakspier, zag Luus. Lisanne wierp een blik richting & Zn, keek toen weer naar Luus. Ze leek zich te verbijten, maar uiteindelijk kon ze het toch niet binnenhouden.

'Kun je niet even iets aantrekken? Het is hier Zandvoort niet.'

'Hoezo? Ik *heb* toch iets aan?'

'Neem me niet kwalijk Luus, maar je zit in je *onder*goed!'

'So what? Wat is er mis met mijn ondergoed? Je zou zelfs van lingerie kunnen spreken.'

'Daar gaat het niet om, maar...'

'Maar de jongen van hiernaast kan het zien en je bent bang dat hij er niet tegen kan.'

'Dat niet,' zei Lisanne, 'maar het is gewoon, ik bedoel...'

'Gisternacht wist je anders zelf ook wel van wanten.'

Luus hoorde zelf hoe vals het klonk en ze besefte direct dat het verkeerd ging aflopen. *What the hell.*

'Hoe bedoel je?'

'Je kunt veel van me zeggen, maar niet dat ik ooit de planken van de muur heb gewipt.'

'Gewipt?' herhaalde Lisanne, 'ik heb ze niet gewipt, de schroeven kwamen met plug en al uit de muur.'

'Ja hèhè, omdat je zo woest lag te wippen. De muren kraakten ervan. Lana en ik konden elkaar nauwelijks verstaan.'

Toen drong het in volle omvang tot Lisanne door. Ze staarde Luus aan, ontredderd als de brugpieper die ze ooit was. Vervolgens draaide ze zich om en stormde het huisje in.

*

Ruzie, zoveel was Wilco wel duidelijk.

Hij controleerde de bekisting voor de fundering, want de betonwagen was in aantocht. Zodoende zag hij hoe de lange naar buiten kwam met een grote reistas in haar hand. Raar wijf.

'Jullie mogen hier wel blijven, maar ik ga naar huis. De sleutel kun je bij de beheerder brengen.'

'Doe niet zo raar San, Luus bedoelde het niet zo erg.'

Dat was die gespierde, die ging waarschijnlijk regelmatig naar de sportschool. Ze leek een beetje op Kim Cleijsters, maar dan minder vet.

'Ik kan er gewoon niet meer tegen,' piepte de lange en ze begon te janken.

De mooiste schoof haar zonnebril omhoog, maar bleef zitten. Nummer vier stond wel op en probeerde de lange te troosten. Dat was degene die zo nadrukkelijk 'Ook goeiemorgen' had gezegd.

'Ik vind het zo onverdraaglijk...'

'Wat?'

'Dat jullie het allemaal hebben kunnen horen.'

Met z'n klauwhamer dreef Wilco een nagel nog dieper in het hout. Was niet nodig, maar hij was benieuwd wat ze dan allemaal gehoord hadden.

'Jezus,' zei de mooiste, 'dat geeft toch helemaal niet.'

'Dat geeft *wel*! Ik voel me zo ontzettend bekeken, alsof ik in m'n nakie in een etalage heb gestaan. Zo *gênant*!'

De kleinste stond met een arm om de lange heen, zag Wilco toen hij even opkeek. Het zag er niet uit.

'Maar je had toch even kunnen laten merken hoe gehorig het was. Je had maar hoeven kuchen en dan hadden Karel en ik het tenminste geweten...'

Nog steeds begreep Wilco niet waar het eigenlijk om ging, maar inmiddels had hij alle nagels die hij zag een paar extra tikken gegeven.

'En wat ik nog het ergste vind...' Ze begon weer te snotteren.

'Nou?'

'Dat geflikflooi met Sigurd.'

'Dat ging anders voornamelijk van hem uit.'

'Ja, ja. Geloof je het zelf? Je zat toch ook naar Karel te lonken?'

'Naar *Karel*?'

'Dat zag ik toch. En ik ken jou langer dan vandaag. Jij pakt *altijd* m'n vriendjes af.'

In de verte naderde het geronk van een zwaarbeladen vrachtauto. 'Wilco!' riep Senior en Wilco ging erheen.

★

'Volgens mij is het de warmte,' zei Lana. 'Als het zo heet is raakt ze altijd een beetje uit haar doen.'

Ze lagen zij aan zij in het gloeiende zand. Het strand aan de einder golfde, de lucht erboven trilde. De wind wervelde zandwolken omhoog, die als doorzichtige ballen over het strand rolden. Badgasten op weg naar de branding leken bedoeïenen in de Sahara, zwoegend onder de last van windschermen en koelboxen. Sommige zeulden een bolderkar over de immens brede zandvlakte.

Ze hadden het wel weer bijgelegd, Luus had uiteindelijk zelfs haar excuus gemaakt, maar Lisanne was toch thuisgebleven, in de schaduw van de bomen rond Snuukt. Een beetje bijkomen, had ze gezegd.

'*Heb* je eigenlijk ooit een vriendje van haar afgepikt?' vroeg Lana. Ze had een wijde jurk aangedaan, omdat haar factor-25-huid de felle zon niet verdroeg en ze een pesthekel had aan smeren. 'Dan blijft het zand zo aan je kleven en dan voel ik me een rundervink in paneermeel.'

'Niet dat ik weet,' zei Luus.

Een vlieger klapperde hoog in de lucht. Het citroengeel stak scherp af tegen de helblauwe lucht. Goddelijk, vond Luus, ook vanwege de wetenschap dat ze nu in hoog tempo bijbruinde. Ze had haar bovenstukje afgedaan, de dichtstbijzijnde andere mensen lagen meters verderop. Want daarin had Lisanne wel gelijk gehad: dit eiland had de breedste stranden van Europa.

'En die Rutger over wie ze het had?'

Luus kon zich hem nog vaag herinneren. Een lange, magere jongen, daar hield ze sowieso niet van.

'Die heb ik met geen vinger aangeraakt. Nooit.'

'Dat niet,' mengde Lot zich in het gesprek, 'maar hij was wel helemaal weg van jou.'

Lot vertelde wat ze indertijd van Lisanne had gehoord. Dat Lisanne zo onder de indruk was van deze Rutger dat ze weer op hockey was gegaan om vaker bij hem in de buurt te kunnen zijn. Dat ze na eindeloos en omstandig manoeuvreren was gevraagd voor de jeugdcommissie. Op een avond hadden ze bij hem thuis vergaderd over een kamp voor de pupillen. Na afloop was Lisanne blijven plakken, lang nadat de rest naar huis was. Ze had op z'n bed gezeten en onder het praten was ze per ongeluk met haar hand tussen de matras en de muur gekomen. Daar was ze op een stukje papier gestuit dat ze al even achteloos tevoorschijn had gehaald. Tot ze had gezien wat erop stond. Een foto.

'Van *mij*?' zei Luus perplex.

'Had hij van de website van school gehaald,' zei Lot, 'gewoon uit het smoelenboek. Al was het inmiddels een beduimeld vodje.'

'Dus dan weet je wel waar hij het voor heeft gebruikt,' grinnikte Lana.

Zelfs jaren na dato was het geen opwekkende gedachte. Het idee dat zo'n griezel met haar foto in bed had gelegen.

'Maar daar kan ik toch niks aan doen?' zei Luus. 'Daardoor heb ik hem toch niet afgepikt?'

'In Lisannes optiek wel,' zei Lot droog.

Op een paar meter afstand passeerde een keurig gezin. De jonge moeder had een blond meisje aan de hand, de jonge vader duwde een buggy, met onder een parasol een slapende baby die op een knalrode speen sabbelde. Pas toen de man iets te lang naar haar boezem keek, realiseerde Luus zich dat ze niet langer lag, maar op haar ellebogen steunde. Meteen draaide ze zich op haar buik.

'Zeg eens eerlijk,' zei ze, 'heb ik op enig moment de indruk gewekt dat ik iets met Karel wilde?'

'Welnee,' zei Lana.

'Een beetje,' zei Lot.

'Wanneer dan?'

'Onder het eten bijvoorbeeld.'

'Onder het eten?'

'Niet dat je openlijk zat te flirten, maar het is waar dat je altijd ingaat op een bepaald soort aandacht,' zei Lot. 'Volgens mij ben je je daar gewoon te weinig van bewust. Maar goed, dat is een oude discussie.'

Vooral het toontje maakte Luus furieus.

'Zeg dat wel,' fulmineerde ze, 'ik dacht dat we daar zo langzamerhand overheen waren gegroeid.'

'Jij blijkbaar niet,' zei Lot. 'Ik vind het gewoon hartstikke leuk voor Lisanne dat ze nu eindelijk een keer een vriend heeft met wie het klikt. Ze is soms misschien een regelneef maar in wezen is ze gewoon een superlief iemand. Dus ik gun het haar echt.'

'Ik toch ook?'

'Dan moet je je niet zo opdringen.'

'Heb ik me opgedrongen?'

'Welnee,' zei Lana.

'Niet bewust misschien,' zei Lot, 'maar je hebt je ook

niet afzijdig gehouden. Niet afzijdig genoeg.'

Het was, vond Luus, te gek voor woorden.

'Tijdens het eten ging weer alle aandacht naar Luus.'

'Aha,' zei Luus, 'dus ik ben weer eens een dik egocentrisch zwijn. Weet je wat? Zak er allemaal maar in!'

Ze kwam zo snel overeind dat ze even duizelig was. Toch liep ze door, over het mulle zand, over de strook met de scherpe schelpen en pas bij de harde ribbelgrond merkte ze dat ze nog steeds geen bovenstukje aan had. Het kon haar niet schelen, ze begon te rennen en plonsde met een snoekduik in de golven.

★

Tevreden keek Wilco hoe de grijze massa in de bekisting liep. Want dat vond hij dan wel weer leuk aan de bouw: dat je een dag later de planken weghaalde en er een keiharde fundering tevoorschijn kwam, waarop je letterlijk en figuurlijk kon bouwen.

Af en toe klopte hij met z'n hamer tegen de bekisting, zodat de smurrie inklonk en de luchtbellen eruit ontsnapten. De chauffeur van de betonwagen knikte goedkeurend en stak z'n duim op.

Alleen het 'Ook goeiemorgen' zinde hem nog steeds niet. Blijkbaar waren ook die meiden op de hoogte van de ongelukkige voetbalwedstrijd. Wie had het ze verteld? Linda? Hugo? Of wist inderdaad het hele eiland wat zich allemaal in de kleedkamer had afgespeeld? Wist iedereen hoe onhandig hij zich had gedragen?

Over de klinkerweg naderde een fietser. Op de een of andere manier voorvoelde Wilco nog meer onheil, misschien door de kordate pedaaltred van de man in het zadel. Moeizaam passeerde hij de vrachtwagen die het pad versperde en toen herkende Wilco hem. Die vent uit de kleedkamer, de man van 'wij zeggen hier altijd goeienavond als we ergens binnenkomen'.

Tot zijn verbazing keurde de man hem in eerste instantie geen blik waardig. Hij smeet z'n fiets tegen een struik en rukte toen aan de klep in de slang waardoor het beton uit de molen stroomde.

'Hé!' riep de chauffeur.

'Waar is de uitvoerder?' riep de man.

Doevendans senior kwam al aanlopen, op hoge poten. Van de daaropvolgende discussie werd Wilco niet veel wijzer. Het ging over vergunningen, rooilijnen en groenbestemmingen. Het enige wat hij ervan begreep was dat het werk stilgelegd moest worden en dat z'n vader witheet was.

Opeens leek de man Wilco op te merken.

'En jij bent ook nog niet van me af, vriend,' zei hij.

★

Luus liet zich drijven op haar rug, enigszins jaloers op de kinderen verderop die daarvoor een luchtbed ter beschikking hadden. Ondertussen verlangde ze hevig naar Fabio. Had hij haar ooit beticht van opdringerigheid? Had hij haar ooit laten merken dat ze alle aandacht naar zich toetrok? Integendeel, hij was haar totaal toegewijd, zijn liefde was onvoorwaardelijk.

Op één voorwaarde na dan.

Het leeftijdsverschil was nog tot daaraan toe, want nu was zes jaar misschien wel veel, maar over twintig jaar was het peanuts. Wat zwaarder woog was dat hij er al een heel studieleven op had zitten, terwijl zij – stel dat ze naar Afrika zou gaan – niets achter de hand had. Want zo reëel was ze wel: het kon tegenvallen, misschien niet meteen, maar op de lange duur. En dan zou ze feitelijk nog steeds op nul staan, afgezien dan van een vwo-diploma en een jaartje buitenland.

Opgedrongen. Hoor wie het zegt! Degene die zelf altijd een mening had over wat mensen moeten doen of laten, niet alleen buren, vrienden en bekenden, maar liefst de hele

103

mensheid. Vraag aan Lot wat goed voor je is!

Lot met haar rotkop. Als ze nou eindelijk eens die snor-haartjes zou laten epileren, zou ze er al een stuk appetijtelij-ker uitzien. En dan liefst ook meteen een plukje boven haar neus, zodat haar wenkbrauwen wat minder misdadig over-kwamen.

Tenzij Lot toch een beetje gelijk had... Want dat had ze soms. Mensenkennis had ze namelijk wel, dat was Luus al sinds het brugklaskamp bekend. Vandaar dat ze toen als vanzelf naar elkaar toe gezogen werden en jarenlang vrijwel onafscheidelijk waren geweest. In de vierde was de verwij-dering ingezet, zonder concrete aanleiding. Soms – nu bij-voorbeeld – had Luus het idee dat Lot haar dat verweet, dat Lot het diep van binnen niet kon hebben dat Luus niet net zo antiglobal was geworden als zijzelf.

Toch kwam kritiek van Lot nog altijd harder aan dan kri-tiek van wie dan ook. Nog steeds – maar nu even niet – voelde het op sommige speciale momenten alsof Lot een tweelingzus was. Geen wonder dus dat ze zo vaak ruzie hadden.

Misschien had ze zich inderdaad wel een beetje opge-drongen. Dat met die piss-off was achteraf gezien natuurlijk te gênant voor woorden. Ze moest straks haar excuses maken aan Lisanne en misschien een briefje schrijven aan Karel. Of een sms'je desnoods. Nee, beter een briefje.

Er streek iets langs haar arm. Van schrik wilde ze gaan staan, maar er was geen grond en ze ging kopje onder. Hoes-tend kwam ze boven, maar zelfs spugen hielp niet tegen de smaak van zeewater. Ze bekeek haar arm: bruin, zonder sporen van kwallenbeten. Toch was ze er niet gerust op, ook omdat ze verder van de kust was gedreven dan ze had gedacht. Ze begon terug te zwemmen, speurend naar kwal-len en ander ongedierte. Toch zag ze Lot niet aankomen en voor de tweede keer binnen een paar minuten schrok ze zich een ongeluk.

'Sorry,' zei Lot, 'ik bedoelde het niet zo.'

'O,' zei Luus en ze spuugde weer een slok zeewater uit, 'hoe bedoelde je het dan?'

'Als ik het had geweten,' hijgde Lot watertrappend, 'van die toestand met die Italiaan, dan had ik het niet zo gezegd. Maar daar wist ik niks van.'

En nu dus wel, begreep Luus. Lana had Lot kennelijk bijgepraat.

★

Wilco was zolang maar in een tuinstoel gaan zitten. De betonchauffeur stond lijdzaam tegen de bumper van z'n wagen geleund, de armen over elkaar. Doevendans senior bekvechtte met de gemeentecontroleur, zonder noemenswaardig resultaat. Senior had al met Hugo gebeld, die net naar het hotel was voor z'n ontbijt. Hij kon ieder moment terugkomen.

Stel dat het werk inderdaad werd stilgelegd, hoopte Wilco, dan kon hij vanmiddag nog een boot nemen en was hij rond achten thuis. Dan moest hij alleen nog op eigen houtje naar Antwerpen zien te komen, maar dat moest lukken, desnoods met de kleine bestelwagen.

Daar kwam Hugo. Op een gammele opoefiets nota bene. Typisch Hugo, vet miljonair en dan toch te beroerd om een goeie fiets te kopen.

Hugo voegde zich bij de kemphanen en gedrieën vervolgden ze de discussie. De chauffeur gaapte, keek op z'n horloge, wandelde rond z'n wagen en nestelde zich weer op de voorbumper. Op het terras van de buren zat de lange nog steeds met een diep serieus gezicht te bellen.

Senior kwam op Wilco af. Of hij even snel naar het hotel wilde gaan om een map te halen, dat bruine leren ding, daar zouden de papieren met de bouwvergunning in moeten zitten.

Wilco liep naar het busje, startte en keerde, maar omdat de betonwagen nog steeds de weg versperde reed hij de andere kant op, in de richting van de dijk. Hij dacht zich te herinneren dat daar nog ergens een zijweggetje was dat naar het dorp leidde. Dat was ook zo, maar het bleek te smal, dus uiteindelijk kwam hij uit op de brede weg van de haven naar het dorp. Die draaide hij op en omdat hij tijd verloren had, gaf hij even plankgas. Toch haalde de witte terreinwagen die hij in z'n spiegel had gezien, hem in voor hij het dorp bereikte.

Politie.

Ze gebaarden dat hij moest stoppen.

Een ruim besnorde agent stapte uit.

'Hebben we zo'n haast vandaag?' vroeg hij nadat Wilco z'n zijruit had laten zakken. 'Mag ik je ontheffing even zien?'

'Ontheffing?'

'Dacht ik al,' zei de agent verveeld. 'Als je geen bestemmingsverkeer bent, en zo te zien ben je dat niet, heb je hier een ontheffing nodig.'

Tegen beter weten in opende Wilco het dashboardkastje.

Geen middagboot, geen Antwerpen.

Kankerzooi.

★

Op de terugweg streken ze neer bij Paal Zes, de strandtent bij de duinovergang. *Zaterdagavond Tropical Nite* stond er in witte krijtletters op een uitklapbord bij de ingang.

Ze liepen door naar het terras en vonden een vrij tafeltje, uit de wind, in de zon.

'Ik trakteer,' zei Luus.

Ze bespraken het geval Fabio, want nu ook Lot het wist, wilde Luus er zoveel mogelijk over praten, ook omdat haar hoofd toch niet naar andere onderwerpen stond. Nieuwe gezichtspunten leverde het helaas niet op. Integendeel: de tweestrijd werd alleen maar heviger. Het ene moment was Luus vastbesloten zich geheel aan Fabio over te geven en dus ook aan het plan om Afrika te redden van aids, kinderpokken en malaria. Daarmee zette ze zich niet alleen in voor het geluk van de mensheid, maar bovendien 'volgde ze haar hart'. Vooral dat laatste telde zwaar volgens Lana, die volhield dat iedere andere weg een mens uiteindelijk naar de rand van de afgrond voerde.

Het volgende moment leek het Afrika-avontuur je reinste waanzin, een idealistisch gedrocht dat Luus alleen een bijrol opleverde.

Lot had geen duidelijk advies. Luus had verwacht dat ze wel de kant van Fabio zou kiezen, want zijn idealistische inslag zou Lot toch moeten aanspreken. Maar Lot zei alleen dat het haar een ontzettend moeilijke keus leek...

Hoog in de blauwe lucht trok een vliegtuig voorbij, een blinkende stip gevuld met tientallen reizigers op weg naar een verre bestemming. Voor het grootste deel vakantiegangers, veronderstelde Luus, aangevuld met wat zakenmensen. Maar misschien zaten er ook een paar waaghalzen tussen, die het aangedurfd hadden om hun hele hebben en houden te verruilen voor een ongewisse toekomst op een andere continent?

'Kun je niet gewoon zeggen dat je niet wilt trouwen, maar wel vrienden wilt blijven?' vroeg Lot.

'Dat wil ik wel,' zei Luus, 'maar hij niet.'

Ze herinnerde zich het gesprek daarover op hun laatste avond, aan hun tafeltje in hun ristorante. 'To me it's everything or nothing,' had hij gezegd. 'That's not very revolutionary,' had Luus gekscherend geantwoord, maar dat soort ironie was aan Fabio niet besteed: 'Africa needs care, not revolution.'

'Weet je wat zo lullig is,' zei ze. 'Hij is echt een goed mens, veel beter dan ik.'

Het maakte de noodzaak van een correcte afhandeling alleen maar urgenter, besefte ze.

'Eigenlijk moet je het hem persoonlijk gaan vertellen,' vond Lot, en dat was precies de raad die Luus het meest gevreesd had. Dat vond ze zelf namelijk ook, maar het was wel erg veel moeite voor een doodlopende weg.

'Ik ben zo bang dat ik iets onherroepelijks doe,' zei Luus. 'Ken je dat?'

'Nee,' zei Lana. 'Weet je wat ik soms denk? Niet lachen. Dat ik een beschermengel heb die me behoedt voor al te grote misstappen.'

'Wanneer merk je dat dan?' vroeg Lot.

In het holst van de nacht was ze een keer gaan pinnen, vertelde Lana. Stom natuurlijk, maar ze had nog even geld nodig. Een junk had haar van achteren gegrepen en iets scherps tegen haar keel gedrukt. Natuurlijk was ze bang geweest, maar ze was niet echt in paniek geraakt, want al die tijd had ze geweten dat ze het zou overleven.

'En heeft iedereen zo'n beschermengel?'

Het gesprek nam een vervelende wending, vond Luus. Het ging namelijk niet meer over Fabio. Bovendien vroeg ze zich af of het echt gebeurd was, of dat ook dit verhaal viel in de categorie nuttige verzinsels.

'Het rare is,' zei Lana langzaam, 'dat als ik me op een bepaalde manier concentreer, dan zie ik achter jou ook iemand staan.'

'Echt?'

'Een oudere vrouw,' zei Lana, 'met een regenjas. En grijze krulletjes.'

Toen ging Luus' mobieltje af.

'Fabio?' vroeg Lana.

Luus knikte en las het bericht. Zo mooi dat ze het niet voor zich kon houden.

'Hij denkt aan me en schenkt me zijn hart.'

Geen van drieën had in de gaten dat Lisanne voorbij kwam en omgekeerd zag Lisanne hen over het hoofd. Haar blik dwaalde wel even over het terras, maar vreemd genoeg keek ze langs haar vriendinnen heen. Ze liep verder naar de top van de duinovergang en ging daar op een bankje zitten om haar schoenen uit te doen. Daarna daalde ze in gedachten verzonken af, door het met stro vermengde hete zand de zee tegemoet.

★

Voor de eerste keer zat Wilco in een politieauto. Hij had het busje ter plekke moeten achterlaten, maar de twee agenten waren wel zo goed hem naar het hotel te rijden en hem de kans te geven alsnog de ontheffing te laten zien. Wilco hoopte dat die in hetzelfde leren mapje zou zitten als de bouwvergunning.

De auto stopte pal voor het terras. Gegeneerd stapte Wilco uit, onder het oog van tal van zonaanbidders die nu natuurlijk allemaal dachten dat hij een crimineel was.

Snel liep hij naar binnen, naar de balie.

'Je deed het toch niet met opzet,' zei Linda verschrikt.

'Wat?'

'Het is toch gewoon het risico van het spel,' zei ze. 'Dat is toch niet strafbaar.'

Wilco begreep het niet en bovendien had hij haast, dus hij griste de sleutel van de balie en beende de trap op. Halverwege besefte hij dat hij niet z'n eigen sleutel moest hebben, maar die van z'n vader.

'Het is trouwens de loodgieter,' zei Linda toen hij weer bij de balie stond. 'En z'n vrouw is ziedend. Volgens mij zet ze het hele dorp tegen je op. Iedereen heeft het erover.'

Het drong nauwelijks tot Wilco door. Opnieuw haastte hij zich de gang door en de trap op. In de la van het bureau op z'n vaders kamer vond hij gelukkig meteen de map. Zonder verder te kijken nam hij hem mee en ging weer naar beneden.

De agenten stonden nog bij de auto. Ze praatten met een voorbijganger, een oudere man met z'n fiets aan z'n hand. Wat ze zeiden kon Wilco niet verstaan. Hij bladerde in de map tot hij de ontheffing gevonden had. Meteen wilde hij het papier aan de agenten laten zien, maar ze sloegen totaal geen acht op hem en keuvelden rustig verder.

Wilco kuchte en trommelde met z'n vingers op de map, maar ook dat had geen effect. Uiteindelijk stootte hij de dichtstbijzijnde agent aan en hield hem de map voor. Met onverholen tegenzin nam de man de map van hem over en begon het document te bestuderen.

Ondertussen maakte Wilco zich steeds meer zorgen over de reactie van z'n vader. Doevendans senior zou zich lopen verbijten, wist Wilco uit ervaring, hij zou des duivels zijn.

'In orde,' zei de agent ten slotte en gaf Wilco de map terug. 'Maar dan zitten we nog met de snelheidsovertreding. Wat dachten we daaraan te doen?'

Wilco aarzelde. Welk antwoord wilde de man horen?

'Voortaan rustiger rijden,' probeerde hij.

'Juist,' zei de agent nadrukkelijk. 'Rustiger rijden. En ik zou het in het algeméén maar een beetje rustiger aandoen, als ik jou was.'

Toen kon Wilco gaan. Hij keek op z'n horloge en ging terug naar de plek waar het busje stond. In looppas.

★

De zon was nog steeds behoorlijk heet en tevreden soesde Luus in de oude hangmat die Lisanne had opgehangen tussen twee bomen. Op momenten als dit was het eiland inderdaad zo gek nog niet, ook al vochten in de verte twee jonge ouders luidkeels een ruzie uit over de juiste aanpak van hun jengelende kinderen. 'Je houdt je hand toch niet voor z'n mond, idioot!' gilde de moeder.

Verder hoorde Luus alleen plattelandsgeluiden: een koerende duif, ruisende bladeren en nog iets heel bekends dat ze niet meteen kon thuisbrengen, maar dat haar met weemoed vervulde toen ze het herkende: krekels! Onmiddellijk zweefde ze terug naar een lome middag in een tuin van de mensen die haar schoonouders konden worden. Het uitzicht over de heuvels, de olijven uit eigen boomgaard, dunne plakjes geroosterde aubergine, de heerlijkste witte wijn ooit. En niet te vergeten de lange nacht in Fabio's oude kamer, de vastberadenheid waarmee hij minutenlang in haar ogen had gekeken zodat hij zeker wist dat hij nooit meer zou vergeten hoe die eruitzagen.

★

Tot zijn verbazing stond de betonwagen er niet meer toen Wilco eindelijk terugkwam, maar tot zijn opluchting had z'n vader goed nieuws. Hoe Hugo het voor elkaar had gekregen wist Doevendans senior niet, maar uiteindelijk had de controleur toch het groene licht gegeven. Het had ermee te maken dat de chauffeur van de betonmolen nog met de boot van half zes terug moest naar de wal. Hoe dan ook: het beton was gestort en ze lagen eigenlijk niet noemenswaardig achter op schema.

'Ik weet niet wie hij allemaal gebeld heeft, maar ineens was het voor elkaar,' zei z'n vader bewonderend.

'Maar ik ben dus eigenlijk voor jan lul die map wezen halen,' concludeerde Wilco.

★

'Moet ik per se mee?' vroeg Lot.

'Natuurlijk niet,' zei Lisanne, 'maar 't zou wel saai zijn als je thuisbleef.'

'Heb je geen zin?' vroeg Luus. 'Hij betaalt hoor. En ze hebben ook vegetarische gerechten, zag ik.'

'Daar gaat het niet om,' zei Lot, 'ik heb het gewoon niet zo op dat soort mannen. Ze hebben geld te veel en dat willen ze je voortdurend laten merken.'

'Volgens mij,' zei Luus, 'ben je allergisch voor succes. Succes van anderen, *that is*. Jij kan er niet tegen als iemand meer talent heeft dan een ander en daar naar rato voor betaald krijgt.'

'Onzin,' zei Lot meteen, 'waar ik niet tegen kan is dat alleen *bepaalde* talenten rijkelijk beloond worden.'

'Dames, dames!' zei Lisanne. 'Laten we het nou gezellig houden.'

De bekrompen opinies van Lot brachten Luus steeds dichter bij razernij. Ze snakte naar een sigaret.

'Weet je nog dat we dat vroeger ook deden?' zei Lana.

'Wat?' vroeg Lisanne.

'Rijke mensen pesten.'

'O ja,' grinnikte Lot, maar Luus en Lisanne wisten nergens van. Dus Lana vertelde. Omdat ze vlak bij elkaar in de buurt woonden, fietsten Lana en Lot vaak samen naar huis. Dat feit op zich was natuurlijk bekend, maar niet dat ze soms expres omreden door de Goudkust, de rijke buitenwijk aan de rand van de stad. Ze fietsten dan kriskras door de chique lanen, langs bungalows en villa's, landhuizen en boerderettes. Zodra ze mensen op straat of in hun tuin zagen, begonnen ze luidkeels commentaar te leveren, vertelde Lana.

'Leuk huis, maar wel een beetje petieterig.'

'O kijk, die arme rijke meneer moet zelf het gras maaien. Zou z'n negerslaafje ziek zijn?'

'Pas op met die heggenschaar mevrouw, denk aan uw siliconen!'

'Kijk, die man heeft een golfbal ingeslikt, o nee, het is z'n adamsappel.'

'Dat *meen* je niet,' zei Luus verontwaardigd. 'Wat ongelofelijk puberaal!'

Maar Lot gierde bij de herinnering en zelfs Lisanne moest lachen.

'Weet je nog die vent die ons achterna kwam?' lachte Lot. 'Met z'n grashark. En wij fietsen, fietsen!'

'Stelletje debielen,' zei Luus. 'Echt achterlijk.'

Het voelde als een dolksteek, want hoewel haar ouders niet aan de Goudkust woonden, waren ze in die tijd zonder meer rijker dan die van de anderen, zelfs dan de ouders van

Lisanne. Voor zover ze zich kon herinneren waren Lana en Lot altijd jaloers geweest op hun grote huis, op de serre, de veranda, de twee logeerkamers, de extra badkamer en vooral de gigantische zolder.

'Weet je wat je ook een keer riep?' vervolgde Lot. 'Tegen zo'n gebruind wijf dat met een tuinslang haar border stond te sproeien? "Lekker hè mevrouw, even de plantjes afzeiken?"'

'Die weet ik niet meer,' lachte Lana.

'Het gezicht van dat mens!' Lot gierde het weer uit, maar Luus zag er nog steeds de lol niet van in. Ze zon op een list, op wraak.

'Hockey je trouwens nog steeds?' vroeg ze, zodra de hilariteit wat geluwd was.

'Ik?' zei Lot. 'Ja hoor. Hoezo?'

'Mag dat wel van je linkse vriendjes, zo'n kaksport? Dat is toch helemaal niet antiglobal. Wat dat betreft kun je veel beter iets anders doen, korfbal of kaatsen of zo. Lekker oubollig, lekker terug naar vroeger.'

Het was te doorzichtig, dat zag Luus zelf ook wel in.

Lot en Lana keken elkaar veelbetekenend aan, maar zeiden niks. Het bleef zelfs ongemakkelijk stil.

'Weet je wat ik zo gek vind?' zei Lisanne na een tijdje. 'Het lijkt wel of we vroeger veel toleranter waren. Dat vond ik juist zo leuk van ons vieren, dat we best wel verschillend waren maar toch zo goed met elkaar overweg konden.'

'O, maar dat kunnen we nog steeds,' zei Luus. 'Toch, Lot?'

★

'En voor mij een bakkie tomatensoep en een Russisch ei,' zei Doevendans senior.

De vrouw noteerde het en keek vervolgens vragend op. Zij had hen tenslotte de hele week al bediend en was een grotere bestelling gewend.

'Dat was het,' zei Doevendans senior.

'Niet zo'n honger vandaag?' vroeg ze terwijl ze de menukaarten van tafel pakte.

'Te warm,' lachte Senior verontschuldigend.

Zwijgend wachtten ze op het vervolg. Zoals gewoonlijk keken ze naar buiten en vermaakten zich met de passerende vakantiegasten. Vooral de Duitsers, die er met hun sandalen en rafelige broeken nog altijd uitzagen als hippies, werkten steeds weer op hun lachspieren.

In de verte naderde de zware jongen die iedere dag om iets voor half zes voorbijkwam. Niet alleen zijn buik was kolossaal, maar ook z'n billen en z'n bovenbenen. Het verbaasde Wilco keer op keer dat hij kennelijk in staat was om zichzelf in het zadel te hijsen.

Dat die fiets het houdt, dacht Wilco, *dat zegt toch wel iets over de kwaliteit van Hollandse fietsen.*

Maar het bleef stil. Z'n vader steunde met z'n hoofd in beide handen.

'Daar heb je de bolle,' zei Wilco.

Z'n vader keek even op, maar zei nog steeds niets.

'Gaat het?' vroeg Wilco.

'Koppijn,' zei z'n vader.

'Moet je een aspirientje nemen.'

'Heb je die?'

'Kunnen we kopen.'

Senior zuchtte en nam een slok bier. Er liep een druppel uit z'n mondhoek die hij half wegveegde, maar de andere helft glinsterde door z'n baardstoppels omlaag. Hij leek er geen erg in te hebben.

Ineens maakte Wilco zich zorgen. Als zijn vader werkelijk iets mankeerde zaten ze pas goed in de bagger. Dan ging het allemaal nog veel langer duren; dan waren ze niet voor de bouwvak klaar en moesten ze in augustus weer hierheen. Met een beetje pech miste hij dan de eerste trainingen van het seizoen, dan kon hij een basisplaats in het eerste wel helemaal op zijn buik schrijven.

''t Komt natuurlijk door dat gelazer met die vergunning,' zei Doevendans senior. 'Vanavond op tijd naar bed, dan zal het morgen wel over zijn.'

★

'Nogmaals welkom,' zei Hugo vergenoegd en hij nam zijn vier tafeldames één voor één aandachtig op. Yes, dacht Luus, zo moet dat.

'Ik ben zeer vereerd dat jullie me de mogelijkheid willen geven om jullie enigszins schadeloos te stellen voor al het ongemak.'

Vanwege het onhandige aantal had hij om een ronde tafel gevraagd, zodat niemand zonder overbuurman zat. Luus had ervoor gezorgd dat ze pal naast Hugo was gaan zitten, aan z'n rechterkant, want ze had ooit gelezen dan rechtshandige mensen meer gespitst zijn op alles wat zich in hun rechter blikveld bevindt.

'Wilt u alvast wat drinken?' klonk het naast haar.

Het is niet waar, dacht Luus, maar ze was het wel degelijk. Ditmaal had ze een wijde witte bloes aan, die de ergste vetrollen aan het oog onttrok. Bovendien lachte ze poeslief naar Hugo, die daar tot Luus' ergernis niet ongevoelig voor bleek. Ze zag tot haar verbijstering hoe hij haar even terzijde nam, hoe ze zich naar hem overboog, hoe hij haar iets toefluisterde over een drankje op de kaart en hoe vertrouwelijk hij tegen haar lachte voor ze zijn bestelling noteerde.

Het was een forse streep door de rekening, want de drie anderen had ze ruimschoots achter zich gelaten, daar was Luus van overtuigd. Lisanne was sowieso geen partij, ze was een halve kop groter dan Hugo en had bovendien al weer rode vlekken in haar hals van de zenuwen. Lana telde ook niet echt mee, onhandig als ze was met mannen. Dan Lot nog, maar die had aan tafel een flinke handicap want haar belangrijkste troeven – heupen, billen en benen – bevonden zich buiten beeld.

Hugo zelf droeg ook een witte bloes, met daarover nog een colbertje. Het maakte hem tamelijk onweerstaanbaar: classy maar toch casual.

'Goed,' begon Hugo, 'de Forellen. Even repeteren: Lisanne, Lana, Lot en Luus. Maar wie zijn jullie nu eigenlijk. Lana, vertel eens, wie ben je, wat doe je?'

Lana vertelde dat ze na het tussenjaar, dat was bedoeld om zich te oriënteren op haar toekomst, nog steeds geen flauw idee had van de richting die ze op moest.

'Hoe doe je dat?' vroeg Hugo geamuseerd, 'je oriënteren op je toekomst?'

'We hebben bomen geschilderd, ons tegen hun stammen gedrukt, met ze gepraat en gefluisterd. We hebben elkaar geportretteerd met houtskool, schoensmeer en boenwas, we hebben dialogen geschreven met onze vijftigjarige alter ego's, we konden luisteren naar voordrachten van bepaalde beroepsbeoefenaars – maar daar had ik meestal geen puf voor.'

'En wat ga je nou straks doen?'

'Ik heb me ingeschreven voor journalistiek,' zei Lana. 'O ja, we hebben ook nog een ouverture gecomponeerd en uitgevoerd. Future Falls, voor strijkers, blazers, pannendeksels en vergiet.'

'Alleen een ouverture?' vroeg Hugo.

'Het had natuurlijk een complete symfonie moeten worden, maar toen moesten we waarschijnlijk alweer een gedicht schrijven over onze gelukkigste jeugdherinnering. Of een collage maken waarin de sterke punten van onze weergaloze karakters verbeeld waren...'

En dat was voorlopig wel even genoeg Lana, vond Luus.

'En jij?' vroeg ze, terwijl ze met haar vingertoppen terloops zijn pols beroerde.

'Ik?' zei Hugo. Hij was een telg uit een roemrijk geslacht, al was hij dan het zwarte schaap. Zijn familie was rijk geworden in de Rotterdamse haven, maar zelf had hij totaal geen affiniteit met die manier van handel drijven. Hij had zich van jongs af aan een buitenbeentje gevoeld, had met moeite de middelbare school voltooid en was daarna naar het conservatorium gegaan. Piano. Met hangen en wurgen had hij het tot het tweede jaar geschopt maar toen was het gebrek aan werkelijk talent hem toch opgebroken.

De dames hingen aan z'n lippen, want hij bleek een goed verteller, met een prettige combinatie van zelfspot en gevoel voor detail.

'Wat doe je nu dan?' vroeg Lot.

Na z'n mislukking op het conservatorium had hij anderhalf jaar gereisd, 'Turkije, India, Thailand, die contrcien.' Bij terugkeer in Nederland was hij toevallig een oude klasgenoot tegen het lijf gelopen en samen hadden ze een internetbedrijfje uit de grond gestampt, 'nog net in de goeie tijd, want het liep als een tierelier.' Toen het hem te groot en te serieus werd, was hij eruit gestapt en had hij zijn aandeel in het bedrijf verkocht voor een bedrag dat hem in staat stelde het de rest van z'n leven rustig aan te doen. Hij had het huis op het eiland gekocht om er ongestoord te kunnen werken aan een tweede leven in de muziek. Vandaar ook de verbouwing, want in het aangebouwde gedeelte wilde hij een vleugel neerzetten.

'En de liefde? Ben je daarin ook zo geslaagd?' vroeg Luus schalks.

Hij keek haar grijnzend aan en stak een sigaartje op.

'Ja en nee,' zei hij en hij keek haar opnieuw aan. Veelbelovend, vond Luus.

Zijn partners, vertelde Hugo, konden niet allemaal even goed omgaan met z'n vermogen. Maar z'n laatste liefde had hem om een heel andere reden verlaten.

'Zij wilde kinderen en jij niet,' zei Lana.

'Bijna goed,' zei Hugo.

'Jij wilde kinderen, maar zij wilde niet,' zei Luus om Lana voor te zijn.

'Nee,' zei Hugo, 'we wilden allebei kinderen...'

'Maar?' vroeg Luus.

'Ze kwamen niet,' zei Hugo.

'Tja,' grijnsde Luus, 'je moet er natuurlijk wel wat voor doen.'

'Dat was niet het probleem,' zei Hugo.

'Wat was het probleem dan wel?'

Luus voelde een schop tegen haar schenen. Lisanne?

'Ik ben onvruchtbaar,' zei Hugo en hij bedeelde Luus wederom met een onderzoekende blik.

'Oeps,' zei Lana en ze schoot in haar Lana-lach.

Luus vervloekte haar loslippigheid, al leek Hugo niet eens zo heel ontdaan.

'Op zich wilde ik wel adopteren, maar daar voelde zij weer niks voor. Dus zo zie je maar weer: geld alleen maakt niet gelukkig. Cliché, cliché.'

'Klopt,' zei Luus, 'geld op zich maakt niet gelukkig, maar veel geld wel.'

Hij glimlachte weer, maar minder uitbundig dan Luus had gehoopt.

'Weet je wat het is?' begon hij en hij maakte zich onmiskenbaar op voor een filosofische verhandeling. 'Beweging is belangrijker dan materie. Voor mij althans. Materie is stilstand, materie is een blok aan je been, het dwingt je om op één plaats te blijven. Natuurlijk is het leuk om een landhuis te kopen, dure auto's, kunst aan de muur. Maar voor je het weet gaat dat als anker fungeren en ga je door het leven als een schip dat aan de ketting is gelegd.'

'Dus daarom heb je hier een huis gekocht,' sneerde Lot.

Dit keer schoot Hugo in de lach en onmiddellijk was Luus jaloers.

'Waar *ik* nu zo benieuwd naar ben,' zei Lisanne, 'is waarom je geen aannemer van hier hebt genomen.'

'Waarom wel?'

'Omdat je toch niet zomaar hier een huis koopt. Dan heb je toch wat met dit eiland, met de cultuur, met de tradities. En dan gun je de middenstand hier toch ook werk?'

'Dat zie ik anders,' zei Hugo minzaam. 'Ik heb niet zoveel

met tradities. De aannemer die ik nu heb, ken ik goed; hij heeft ook mijn andere huis gedaan. Hij is een ouderwetse vakman, zo iemand die aan een half woord genoeg heeft. Daar houd ik van.'

'Het zal je hier niet erg geliefd maken,' zei Lisanne.

'Dat is ook niet mijn bedoeling. Overigens moet je je nooit te veel van je omgeving aantrekken, uiteindelijk maak je daar meer vijanden mee dan vrienden.'

Het klonk Luus als muziek in de oren, dit was nog eens wat anders dan de studentikoze verhalen van Lisannes Karel en zijn kornuiten. Dit was levenswijsheid.

'Trouwens, ik spek de plaatselijke middenstand behoorlijk, al is het dan voornamelijk de horeca.'

Lisanne vond het niks, zag Luus, maar voor Hugo was de kous af. Dat kordate, dat zelfverzekerde, dat maakte hem toch wel erg aantrekkelijk.

Ondertussen arriveerden de voorgerechten en hoewel het een ongeluk leek, was Luus er onmiddellijk van overtuigd dat *Slutty* opzettelijk een half bord rijkelijk in olijfolie gedrenkte gamba's in haar schoot liet glijden.

De consternatie was groot, ook omdat Luus meteen opsprong waardoor ze haar eigen wijnglas omstootte. *Slutty* maakte omstandig haar excuus en inspecteerde de schade die Luus zelf probeerde te minimaliseren door met haar servet zo veel mogelijk olie te deppen, maar een wild patroon van donkere vlekken bleef duidelijk zichtbaar en de tot voor kort zo weelderige stof hing er nu verlept en vormeloos bij.

Luus kon wel janken. Vanwege de jurk, maar vooral vanwege de vernedering.

'Als je hem morgen naar de stomerij brengt, gaan ze er misschien nog wel uit,' suggereerde Lisanne.

'De kosten zijn natuurlijk voor onze rekening,' zei het meisje. Een van haar collega's was intussen bezig de tafel te ontruimen en van een nieuw kleed te voorzien. Hugo hield zich afzijdig.

'Wat een ongelofelijk lompe doos,' foeterde Luus toen

iedereen eindelijk weer op z'n plek zat. Ze voelde zich nog steeds miserabel, een prinses die door een boze fee weer in Assepoester was veranderd.

De bedrijfsleider kwam bij hun tafel en ook hij putte zich uit in verontschuldigingen. Luus kreeg een briefje waarmee ze zich bij de stomerij kon vervoegen. Als de schade onherstelbaar bleek, kon ze op kosten van het hotel een nieuwe jurk kopen.

'Dat is toch keurig,' vond Hugo.

'Volgens mij doen ze dat omdat jij erbij zit,' zei Lot.

Op dat moment betraden Doevendans & Zn de eetzaal, dat wil zeggen: ze liepen over het middenpad de zaal door en verdwenen naar de hotelbalie.

'Die man is ziek,' mompelde Lana verbaasd, maar niemand schonk er aandacht aan want Luus praatte harder.

'Dat vind ik nou echt een hele mooie jongen,' zei Luus.

'Wat let je?' zei Hugo, 'volgens mij is hij nog *zu haben*. En het is wel een bijzondere knaap.'

'Hoezo?'

Hij kende Wilco van de voetbalclub, vertelde Hugo. Zijn vroegere bedrijf was al jaren een van de sponsors, de shirtsponsor om precies te zijn. Hoewel Hugo dus niet meer voor de firma werkte, kwam hij nog regelmatig naar de wedstrijden kijken.

'Wilco is zo'n net-niet-voetballer, iemand die gebrek aan voldoende talent probeert te compenseren door een tomeloze inzet,' zei Hugo.

'Net als jij dus,' zei Luus.

'Klopt,' lachte Hugo, 'tenminste wat het gebrek aan talent betreft.'

'Maar weet jij dan iets van voetballen?' vroeg Luus.

'Nauwelijks. Maar ik zie wel of mensen talent hebben ja of nee. Dat is feitelijk ook het belangrijkste aan ondernemen: zorgen dat je mensen met talent binnenhaalt en die op de juiste plek zetten. Eigenlijk kan iedereen het.'

'Maar deze Wilco,' zei Luus, al lag de naam nog wat

onwennig in haar mond, 'heeft volgens jou dus geen talent.'

'Niet voldoende om te worden wat hij *wil* worden. En ik ben niet de enige die dat vindt hoor, dat vindt z'n trainer ook. Maar hij is echt totaal bezeten van voetbal en dat maakt hcm onvoorspelbaar. Mensen die ergens zo bezeten van zijn kunnen rare dingen doen en daar houd ik wel van. Anderzijds zou het ook wel goed zijn als hij besefte dat het leven meer is dan achter een bal aanhollen. Dus als jij hem een beetje wegwijs kan maken in het land der liefde? Ik zag dat er morgen een tropisch dansfeest is in die strandtent. Kun je hem daar niet heen lokken?'

Vergenoegd depte hij z'n lippen met z'n servet en nam een slok wijn.

Wat een intrigant, dacht Luus bewonderend.

'Maar jij bent dus ondernemer,' zei Lot plompverloren. 'Of waarschijnlijk: captain of industry. Heb jij jezelf ook zo goed bedeeld met bonussen en gouden handdrukken?'

★

Uitgeput liet Wilco zich op z'n bed vallen. Hij zapte meteen naar Eurosport, maar zelfs daar kon hij niet rustig naar kijken, want het deed hem denken aan het toernooi dat hij. misliep. Vervolgens dacht hij aan de bron van alle ellende, die beneden pontificaal zat te eten met die vier kakwijven. Uit de sarcastische manier waarop ze naar hem hadden gekeken, had Wilco onmiddellijk begrepen dat ze het over hém hadden gehad. Het zweet brak hem weer uit en hij besloot nog maar eens een douche te nemen.

★

'En ga je straks ook mensen neersteken, niet omdat je iets tegen hen persoonlijk hebt, maar omdat ze te veel verdienen?' vroeg Hugo.

Eén-nul, dacht Luus.

'Natuurlijk niet,' zei Lot. 'Ik ben tegen geweld. Het gaat mij alleen om het principe. Ik vind het belachelijk dat mensen aan de top twintig keer zo veel verdienen als hun werknemers. Dat slaat helemaal nergens op.'

'Gelukkig,' zei Hugo, 'ik was al bang, want ik heb net vanavond m'n kogelvrije vest niet aan.'

'Dat artsen en chirurgen veel verdienen kan ik nog begrijpen,' zei Lot nog steeds bloedserieus, 'die hebben de verantwoordelijkheid over leven en dood. Maar ondernemers...'

'Nee ondernemers niet,' beaamde Hugo en hij knipoogde naar Luus, 'ondernemers zijn uitvreters.'

'Wat zijn jullie *saai*,' zei Lana, 'kunnen we het niet over iets leuks hebben.'

'Sorry,' zei Hugo meteen, 'mijn schuld...'

Zonder dat Luus kon navertellen hoe hij het deed manoeuvreerde hij vervolgens zodanig dat ze even later een geanimeerd gesprek over muziek hadden, over de vraag waarom er zo veel meer mannelijke componisten waren dan vrouwelijke.

'Vrouwen hebben fantasie,' betoogde Hugo, 'mannen hebben verbeeldingskracht.'

'En wat is het verschil?' vroeg Lana, die alweer tamelijk waterig uit haar ogen keek. Misschien, dacht Luus, moeten we haar inderdaad niet zoveel inschenken, al was het ditmaal vooral Hugo die de glazen volgoot.

Arme Lana, dacht Luus ineens, ze had echt nul komma nul benul van mannen.

'Het is geen kwalitatief verschil, maar een verschil in richting,' betoogde Hugo. 'Fantasie stroomt van buiten naar binnen, verbeeldingskracht werkt net de andere kant uit. En ik zeg met opzet "werkt", want iets verbeelden, iets *uit*-beelden, dat is hard werken. Het is inderdaad tien procent inspiratie en negentig procent transpiratie. Bij fantasie is het eerder andersom.'

Luus was verrukt. Zo gemakkelijk als hij formuleerde, zo treffend en zo origineel.

'Wie is jouw favoriete componist?' vroeg hij Lisanne.

'Bach,' antwoordde Lisanne zonder aarzelen.

'Bach,' herhaalde hij tevreden, 'klopt. Bach de aartsvader. Onovertroffen.'

'En jij?' vroeg hij Lot.

De anderen lachten al voor ze kon antwoorden. Lot was namelijk meer een Lowlandstype dan een concertganger. Maar ook daar bleek Hugo uitstekend in thuis en een paar minuten lang vlogen de bands en dj's over tafel.

'En jij?' vroeg hij Lana.

'Ik hou niet van componisten,' zei Lana. 'Soms vind ik een bepaald nummer echt ontzettend goed en dan hoor ik daarna iets anders en dat is dan compleet waardeloos. Of andersom. Het lijkt alsof niemand ooit constant is. Of misschien ligt het aan mij; soms denk ik dat ik geestelijk een soort draaiorgel ben, dat er allemaal luchtpijpen in m'n hoofd zitten die de ene keer mooi samenklinken en de volgende keer vals tegen elkaar in staan te blazen en dat er dan zo'n porseleinen poppetje met z'n stokje op mijn trommelvlies staat te slaan.'

Wartaal dus, maar Hugo keek haar bemoedigend aan. Onder tafel beroerde Luus' blote knie zijn been, zonder dat ze wist of dat haar schuld was of de zijne. Ze liet het zo en vroeg zich af hoe harig de huid onder de katoenen pijp zou zijn.

'En jij?' vroeg hij haar ten slotte.

'Sorry?'

'Jouw favoriete componist?'

'Gershwin,' zei ze.

Hij knikte goedkeurend, ook met z'n knie.

'Rhapsody in blue,' zei hij en hij neuriede de eerste maten, 'briljant, zonder meer briljant.'

Zo ging het verder, terwijl het buiten steeds nadrukkelijker begon te schemeren, de schaduwen alsmaar langer werden en uiteindelijk versmolten tot een donkerblauwe duisternis, waartegen de gevels aan de overkant haarscherp afstaken.

'Maar vertel eens,' zei Lana, 'hoe zit dat nou met die onvruchtbaarheid?'

'Lana!' waarschuwde Lisanne meteen.

'Geen punt,' zei Hugo. 'Tradities en taboes bestaan vanavond niet. Toch? Welnee, we hebben hier een volkomen open uitwisseling van gedachten en gevoelens. Ergo: mijn onvruchtbaarheid. Welnu, het heeft te maken met de beweeglijkheid van mijn zaadcellen. Ze zijn te lui, daar komt het eigenlijk op neer.'

'Misschien vinden ze materie wel belangrijker dan beweeglijkheid,' zei Lot en iedereen schoot in de lach.

'Maar wat ik me afvroeg,' zei Lana, die definitief dronken leek, 'wat heeft dat nou voor gevolgen voor je ego? Voel je je nog wel een echte man?'

'Ik moet je heel eerlijk zeggen dat ik er in het begin wel even een knauw van heb gekregen, maar inmiddels heb ik me er wel mee verzoend. Alleen heb ik met terugwerkende kracht spijt van alle keren dat ik braaf met condoom heb gevreeën.'

Hij lachte aanstekelijk, maar dat was niet het belangrijkste dat Luus leuk vond. Zijn openheid, zijn welbespraaktheid, had ze dat ooit eerder bij iemand meegemaakt?

Fabio.

Nee, Fabio was anders. Fabio was Fabio.

En opeens kreeg ze een idee.

'Jij als expert op het gebied van de liefde,' begon ze, 'jij kan me vast wel helpen met een netelige kwestie.'

En ze vertelde alles, over zijn huwelijksaanzoek, over Afrika, over haar dilemma.

Hij luisterde aandachtig, ook toen tijdens haar verhaal de koffie werd geserveerd.

'En wat is nu je vraag?' vroeg hij uiteindelijk.

'Wat denk je?' zei Lana vermoeid.

'Wil je weten wat *ik* zou doen, of wil je weten wat ik zou doen als ik *jou* was?'

'Alle twee,' zei Luus.

'Als ik jou was ging ik,' zei hij, 'en anders niet.'

'Dat snap ik niet.'

'Zeg z'n naam nog eens.'

'Fabio,' zei Luus en ze kreeg de rillingen.

'Precies,' zei Hugo, 'de manier waarop je dat zegt is maar voor één uitleg vatbaar. Toch?'

Hij keek de kring rond en de anderen knikten opgetogen.

'Je houdt echt van hem,' riep Lisanne, 'dat kun je gewoon horen!'

Zelfs Lot leek onder de indruk van het ultieme bewijs. Ze ging er tenminste niet tegenin.

Alleen Luus zelf was nog niet helemaal overtuigd, vooral vanwege zijn knie tegen de hare en de aangename tintelingen die zich van daaruit door haar hele lijf verspreidden.

'Maar waarom zou jij dan niet gaan?' vroeg ze.

'Te oud, te eigenwijs,' zei hij, 'en te vaak bedrogen uitgekomen. Ik ben niet geschikt voor ware liefde. Zullen we nog een afzakkertje nemen aan de overkant?'

★

Wilco hing slapeloos uit z'n raam en zag ze de straat oversteken. Hij hoorde hun opgetogen gekwetter en zag hoe de mooiste naast Hugo liep en hem een arm gaf. De andere drie zagen het, stootten elkaar aan en hun gelach klaterde omhoog.

Kankerwijven.

Kankereiland.

Kanker-Hugo.

★

Hoe het verder was gegaan kon Luus zich ternauwernood herinneren. Ze wist nog dat ze in de kroeg tegen Hugo had aangezeurd dat ze zo graag eens wat van zijn composities wilde horen. Het zeuren was nodig geweest, omdat hij niet meteen had staan juichen over het idee. Uiteindelijk waren ze toch in zijn huis beland, waar het een puinhoop was vanwege de verbouwing, maar in een zijkamer had hij een elektrische piano staan. Lisanne en Lot waren op een gegeven moment blijkbaar naar huis gegaan, want Luus kon zich alleen de aanwezigheid van Lana herinneren.

Ze hadden nog een cognacje genomen en uiteindelijk had Hugo dan toch iets gespeeld. En gezongen, hij had een prachtige stem, niet hard, maar wel heel doorleefd, vond Luus, en ze voorzag een glanzende carrière op de bühne. Dit is wat ik wil, dacht Luus, kunst, muziek, schijnwerpers! Niks Afrika.

Even later bleek ook Lana verdwenen. Luus had haar nog willen gaan zoeken, maar het volgende moment zat Hugo naast haar op de bank en bleek hij heerlijk te kunnen zoenen. Van de rest kon ze zich veel minder herinneren, behalve het korte maar paniekerige gevoel dat Fabio haar probeerde te bellen.

Op het toilet in hun eigen huisje had ze uiteindelijk Lana teruggevonden. Met haar hoofd tegen de muur en haar slipje op haar enkels zat ze te pitten op de pot. Haar mond hing open.

Een tropische zaterdag

Op de ochtend van de dag die in één klap een einde maakte aan z'n jeugd trok Wilco al bij de eerste schaft z'n hemd uit, niet alleen omdat de zon alweer schroeiend aan de hemel stond, maar ook omdat hij zweterig was van het slaaptekort. Toen hij wakker werd merkte hij dat hij op de kale, vlekkerige matras lag, dus blijkbaar had hij in z'n onrustige slaap ook het onderlaken van z'n bed weten te trappen.

De gordijnen van Hugo's slaapkamer zaten nog dicht en ook bij de buren was nog geen leven te bespeuren, constateerde Wilco, terwijl hij een literpak sinaasappelsap aan z'n mond zette. Maar wat erger was: over drie uur begon de eerste wedstrijd in Antwerpen. Zijn ploeggenoten zouden nu wel aan het ontbijt zitten, dat ongetwijfeld werd besloten met de gebruikelijke, overbodige peptalk van de trainer.

'Als we nou even flink aanpoten,' zei Doevendans senior, 'staan vanavond de binnenmuren, kunnen ze morgen een dagje uitharden en dan kun je maandag meteen de sleuven voor de leidingen frezen.'

Senior leek weer helemaal fit, dat was dan nog een geluk bij een ongeluk.

*

Luus ontwaakte uit een droom waarin ze de scène op Hugo's bank nog eens dunnetjes overdeed, en in haar droom bedacht ze dat het eigenlijk wel goed uitkwam dat hij onvruchtbaar was. De droom was zo intens geweest dat ze de eerste minuten erna niet zeker wist of het een droom was, of dat het echt was gebeurd; maar naarmate ze wakkerder werd raakte ze ervan overtuigd dat het in werkelijkheid bij zoenen was gebleven.

Niettemin voelde ze zich beroerd. Om te beginnen had ze een irritante kriebel in haar keel, van te veel roken – halverwege de avond had ze namelijk even een pakje sigaretten getrokken op het toilet – of van een naderende verkoudheid.

Maar het meest van al betreurde ze de totaal uit de hand gelopen flirt. Waarom had ze zich weer zo laten gaan? Wat moest ze tegen Fabio zeggen?

Ze hoorde iemand met de fluitketel rommelen, Lisanne waarschijnlijk, maar voorlopig durfde ze niemand onder ogen te komen, want hoewel verder niemand getuige was geweest van de bedenkelijke scène op Hugo's bank, schaamde ze zich diep voor haar ontrouw. Toen haar mobieltje afging nam ze dan ook voetstoots aan dat het Fabio was en ze moest moed verzamelen om het bericht te lezen. Het bleek afkomstig van een haar onbekend nummer en luidde *Spijt sucks. Volg je intuïtie. H.*

Had ze hem haar nummer gegeven? Blijkbaar waren de gaten in haar geheugen nog groter dan ze vermoedde. Vanaf vandaag, besloot Luus, ga ik minder drinken.

Uiteindelijk ging ze toch maar ontbijten. Lisanne leek weer ergens over gebelgd, maar Luus had geen zin om te vragen wat er aan de hand was. Dat wil zeggen, ze kon het wel raden.

Uiteindelijk begon Lot erover.

'Mag ik iets vragen?'

'Maak van je hart geen moordkuil,' probeerde Luus, maar Lot zag er de humor niet van in, nog geen glimp van een glimlach, alleen dat strakke mondje. Bitch.

'Nou bleek gisteravond zo duidelijk dat je van Fabio houdt en dan ga je toch weer in zee met die Hugo. Dat kan toch niet.'

'En wat is je vraag?'

'Hoe je dat voor jezelf rijmt natuurlijk!'

Lisanne veinsde dat het haar niets interesseerde, maar deed dat zo opzichtig dat Luus meteen begreep dat haar doen en laten uitgebreid besproken was. Dus nam ze haar toevlucht tot een al even Nederlandse tactiek: aanvallen.

'Ik had gewoon zin in seks. Jij kent dat misschien niet, maar Lisanne wel, zoals we inmiddels allemaal hebben mogen constateren.'

Tevreden zag ze hoe Lisannes hals onmiddellijk rood uitsloeg.

Lana sloeg de handen voor haar oren en begon voor zich uit te neuriën.

Luus besloot er nog een schepje bovenop te doen.

'En sinds wanneer fungeer jij eigenlijk als Lisannes woordvoerder?' vroeg ze aan Lot.

'Waar slaat dat nou weer op. Ik probeer gewoon een leuke week te hebben, maar dat lukt niet erg als jij aanpapt met elke zaadbol die zich aandient.'

'Elke zaadbol?'

'Eerst met die timmerman, toen met Karel, daarna met Sigurd en nu weer met de buurman.'

'Sigurd oké, maar Karel heb ik met geen vinger aangeraakt.'

Fout, dacht Luus ontevreden, niet in de verdediging schieten.

'Voor mijn part,' zei Lot. 'Maar dan blijven er nog drie over. In zes dagen. Terwijl je eigenlijk zou moeten nadenken over de vraag of je met nummer vier wil trouwen...'

'Van wie moet dat?'

Lot keek haar aan met de meewarige blik waar Luus met de terugwerkende kracht van een jaar of drie intens genoeg van had. 'Mij persoonlijk maakt het niet uit...'

'O nee? Waar bemoei je je dan eigenlijk mee?!'

'... maar ik vind het sneu voor die Italiaanse jongen. Die heeft je heel serieus z'n liefde verklaard en terwijl hij zit te wachten op een reactie doe jij niks anders dan flikflooien en flierefluiten.'

'Je *kent* hem niet eens!'

'Dat maakt toch niet uit. Ik vind het onmenselijk dat je iemand die zich zo blootgeeft eindeloos aan het lijntje houdt.'

'Ik houd hem helemaal niet aan het lijntje. Ik heb gezegd dat ik niet onmiddellijk ja of nee kon zeggen, en toen heeft hij *zelf* besloten dat hij geen contact wilde tot ik hem duidelijkheid gaf. Maar dat was dus *zijn* idee, omdat *hij* dat niet aan kon.'

'Precies. *Jij* hebt bedenktijd gevraagd.'

'Ja!'

'Maar je *denkt* helemaal niet na. Je leeft bij de dag! Net als die vent van hiernaast doe je of er geen verleden is, geen toekomst, geen hongersnood, geen broeikaseffect...'

'Sorry hoor, maar ik heb meer van de wereld gezien dan jij!'

'Jezus Luus, grow up!'

'En bovendien heb jij toch geen last van hoe ik leef.'

'Tuurlijk wel. Want er zijn steeds meer mensen die net zo leven als jij, die het geen hol interesseert hoe het de rest van de mensheid vergaat. En bovendien heb ik er indirect last van als vrouwen weer meteen beginnen te kwispelen zodra een mannetje hen besnuffelt.'

'Jij?' vroeg Luus vilein.

'Ja ik! En alle andere vrouwen die voortdurend worden lastiggevallen.'

'Klopt,' zei Luus, 'dat zegt m'n tante ook. Maar dat is een feministische muts van in de zestig.'

Bingo, constateerde ze, daar had Lot niet van terug. De stilte werd alleen verbroken door het geneurie van Lana, die nu ook haar ogen had gesloten.

'Weet je waar ik nu ineens aan moet denken?' zei Lisanne. Niet alleen haar hals zat onder de rode vlekken, ook haar wangen gloeiden alsof ze net een marathon had voltooid. 'En wat ik je eigenlijk nooit vergeven heb?'

I couldn't care less, dacht Luus grimmig. Toch schrok ze.

'Dat eindexamenfeest bij mij thuis, weet je nog? Jij was daar met Pieter, Pieter Goudsblom.'

En of Luus zich hem herinnerde. De jongen die alles durfde. Kitesurfen, paragliden, abseilen: hij pochte er niet over, maar hij deed het gewoon. Het was uit geraakt toen hij pilletjes ging gebruiken en wilde gaan bungyjumpen van de Euromast. Met een zelfgemaakt elastiek.

'Toen m'n ouders de volgende dag thuiskwamen, bleek dat hun slaapkamer helemaal overhoop was gehaald. Daar had ik zelf niks van gemerkt, maar ik heb toen maar gezegd dat we hun bed hadden gebruikt om jassen op te leggen en dat het misschien een beetje rommelig was geworden omdat mensen bij het weggaan niet meteen hun eigen jas hadden kunnen vinden.'

'Dat sloeg nergens op,' zei Lot, 'het was hartstikke warm. Niemand had een jas bij zich.'

'Maar pas later hoorde ik wat er werkelijk gebeurd was.'

Lisanne keek Luus zo doordringend aan dat die zich werkelijk begon af te vragen wat ze misdaan had, afgezien van de onschuldige vrijpartij op het bed van Lisannes ouders.

'Zo'n ramp was dat toch niet,' zei ze.

'Voor jou misschien niet,' zei Lisanne duister.

'Maar als ik het goed begrijp wilde jij ook iets met Pieter en heb ik hem van je afgepikt?'

'Welnee. Hoe kom je daar nou bij!?'

'Wat dan?'

'Weet je dat echt niet?'

'*Nee!!*'

'Een paar dagen later kwam mijn vader 's avonds op m'n kamer. Hij had iets in z'n nachtkastje gevonden, in de bovenste la om precies te zijn.'

'Ja, en?'

'Een condoom. Een *gebruikt* condoom!'

Met moeite kon Luus haar lachen inhouden.

'Maar het ergste, het allerergste vond hij dat ik tegen hem gelogen had. En dat vond ik zelf ook. Nog steeds eigenlijk.'

Luus hield het niet meer. Ze zag het helemaal voor zich: Lisannes vader, de eerbiedwaardige notaris Hooghiemstra die op de rand van z'n bed gezeten z'n nagels wil knippen en dus het laatje opendoet om het schaartje te pakken en vervolgens met een vies gezicht een gebruikt, ingedroogd condoom tevoorschijn haalt.

Ze schoot in de lach tot de tranen over haar wangen stroomden. En Lana gierde mee.

★

'Dat wordt onweer vanavond,' zei Doevendans, met een blik op de sluierbewolking die een steeds groter deel van de hemel bedekte. Het gaf Wilco hoop. Misschien brak ook in Antwerpen een noodweer los. Slagregens, ondergelopen velden, toernooi afgelast. En op grond van één wedstrijd kon de trainer natuurlijk niet beoordelen wie er klaar was voor de selectie en wie niet.

'Waar is trouwens de rest van die knelkoppelingen?' vroeg Senior.

'In de bus,' zei Wilco, maar even later kwam z'n vader terug met de mededeling dat hij ze niet kon vinden. Dus ging Wilco zelf kijken.

'Je zou de bak toch bijvullen,' mopperde z'n vader toen ook Wilco met lege handen terugkwam.

'Heb ik ook gedaan, dacht ik.'

Z'n vader vloekte hartgrondig.

'Dan moet je ze hier maar gaan halen,' gebood hij vervolgens.

'Waar?'

'Weet ik veel, dat is jouw probleem. Je zorgt maar dat ze er komen.'

★

'Gaan we vanavond nog naar dat tropische feest?' vroeg Luus. Tot haar stomme verbazing was de dreigende ruzie met een sisser afgelopen, waarschijnlijk omdat Lana ook in de lach was geschoten. Daardoor was Lisanne bijgedraaid en had verklaard dat ze haar vader de laatste tijd wat minder

132

serieus nam, omdat zijn rechtlijnigheid ook haar af en toe te gortig werd.

'Moet dat?' vroeg Lot.

'Lijkt mij wel leuk,' zei Lisanne. Logisch, alles wat op het eiland gebeurde vond ze leuk.

Het leek Luus op dat moment niet verstandig om te memoreren dat Hugo hun had gevraagd om & Zn – zijn werkelijke naam was haar weer ontschoten – op sleeptouw te nemen, al speelde dat natuurlijk wel door haar hoofd.

De gedachte aan Hugo bekwam haar trouwens slecht, dat wil zeggen: opeens snakte ze naar zijn aanwezigheid. Het maakte haar onrustig en dat net op het moment dat ze zich weer min of meer had verzoend met haar vriendinnen. Tegelijkertijd flitste er een plan door haar hoofd.

'In dat geval moet ik trouwens nog wel iets nieuws kopen,' zei Luus, 'want ik heb niks meer om aan te trekken.'

Ondertussen begon ze aan een sms'je aan Hugo. Ze moest hem spreken, want dat hij haar enige werkelijke geestverwant was op het hele eiland stond inmiddels als een paal boven water.

'Weet je wat we ook nog moeten doen?' zei Lisanne nadat ze de ontbijtboel had afgeruimd. 'Paardrijden.'

Luus kreeg bijna onmiddellijk bericht terug. Om twee uur in het hotel, stelde Hugo voor. Dan pas? dacht Luus teleurgesteld, en ze vroeg zich af hoe ze de komende tijd moest doorkomen. De stemming was landerig, op het slome af. Lisanne dacht dat het door het weer kwam, de vochtige hitte die steeds verder het huisje binnenkroop, zodat zelfs de houten vloer lauw aanvoelde. Toch stelde Lisanne voor om na de boodschappen te gaan paardrijden, lekker uitwaaien langs het strand, maar niemand was er voor te porren. Lana voelde zich sowieso niet lekker, en uiteindelijk gingen Lisanne en Lot getweeën naar het dorp voor inkopen.

'Migraine?' vroeg Luus.

Lana lag languit op de bank, de holte van haar elleboog over haar ogen.

'Nee,' zei ze, 'moe, brak en depri.'

'Zomaar ineens?'

'Ja,' zei Lana, 'een beetje zoals een suikerklontje bij een kopje thee met een voetbad: het ene moment ben je nog hard, wit en vierkant, maar één ongelukkige beweging later verander je in een langzaam uitzakkend hoopje prut. En het suikerklontje zelf kan er niks aan doen. Zielig hè?'

'Wil je erover praten?'

'Alleen met een begripvolle man met hele zachte handen, die het niet erg vindt dat ik ondertussen aan dode poezen denk.'

'Sorry trouwens van gisteravond,' zei Luus, omdat ze ineens vermoedde hoe pijnlijk haar escapade met Hugo voor Lana geweest zou kunnen zijn.

'Zal ik eens iets heel ergs zeggen,' zei Lana, zonder van positie te veranderen.

'Nou?'

'Soms haat ik je.'

'Allicht,' zei Luus berouwvol.

'Niet dat ik iets voor die vent voel, integendeel, maar het gemak waarmee je hem inpalmt en het gemak waarmee hij zich laat inpalmen, dat *haat* ik. Het is zo dierlijk. Misschien moet ik daarom steeds aan kattenlijkjes denken.'

Door het keukenraam zag Luus in de verte de krullenbol van Hugo, zo te zien in overleg met Doevendans senior.

'Waar denk jij eigenlijk aan?'

'Nu?'

'Nee, als je seks hebt.'

'Nergens aan,' zei Luus naar waarheid, 'ik ben gewoon druk bezig.'

'Mijn moeder maakt boodschappenlijstjes,' zei Lana, 'dus misschien is het wel erfelijk.'

'Wat?' vroeg Luus, want het kostte haar nog meer moeite dan anders om Lana's kronkels te volgen.

'De scheiding van lichaam en geest tijdens de daad,' declameerde Lana. 'Het lijkt trouwens ook op een bijna-dood-ervaring, dat je jezelf van bovenaf ziet. Niet dat ik ooit een bijna-dood-ervaring heb gehad, maar... Die heb ik natuurlijk wel gehad, maar toen had ik het juist niet, als je begrijpt wat ik bedoel. Misschien werkt het wel alleen bij ongelukken en niet als je zelfmoord wilt plegen.'

Hugo keek even hun kant op, maar hij zag hen niet en verdween naar binnen.

'Het zag er trouwens niet erg romantisch uit.'

'Wat?'

'Jullie. Vannacht.'

'Heb je ons dan gezien?' vroeg Luus geschokt.

'Ja,' zei Lana. 'Ik was misselijk dus ik ben even naar buiten gegaan en toen ik terugkwam liep ik langs het raam en zag ik jullie bezig. Het gekke was dat ik eerst dacht dat jullie aan het vechten waren, dat hij je probeerde te wurgen of zo, dus ik schrok zo dat ik bleef staan kijken. Toen zag ik pas dat jullie... nou ja, seks hadden.'

Seks hadden, dacht Luus, en herinnerde zich opnieuw haar droom. Hadden ze dan toch echt seks gehad? Kon je zo dronken zijn dat je naderhand echt niet meer wist of je het had gedaan of niet?

'Ik voelde me net dat arme meisje uit dat sprookje, dat op een koude winteravond bij rijke mensen naar binnen kijkt en ziet hoe gezellig die het hebben.'

'Het meisje met de zwavelstokjes.'

'Precies, ze moest zwavelstokjes verkopen. Ik zie die tekening zo voor me, zo'n meisje op blote voeten en dan binnen die brandende kerstboom en al die blije gezichten. En op tafel stond een grote dampende gans. Dat vond ik dan weer minder.'

'Maar hoe lang heb je dan...'

'Tot ik bewusteloos viel, naar binnen werd gedragen en weer bijkwam in de armen van die rijke meneer die mijn echte vader bleek te zijn, want mijn moeder had me te vondeling gelegd omdat ik een bastaardje was. Nee, een paar seconden maar.'

'En toen?'

'Ja hèhè, toen ben ik natuurlijk weggegaan.'

'Nee, maar ik bedoel... ik vind het zo *lullig* voor je.'

'Dat was het ook. Dus ik ben maar wat gaan lopen.'

'En toen?'

'Toen kreeg ik het koud en moest ik plassen. En toen heb ik eerst nog bij een paar andere mensen aan de deur staan morrelen voordat ik ons huisje kon terugvinden. Al die krengen lijken op elkaar in het donker. Ik heb nog geroepen "Snuukt, Snuukt!" maar wie er ook kwam, niet dit verhipte huisje.'

Lana grinnikte, maar haar verhaal ging Luus door merg en been. Dat ze in wezen een vet egoïstisch zwijn was dat op de cruciale momenten alleen en uitsluitend aan zichzelf dacht, was weer zonneklaar bewezen. Nu leek de schade bovendien onherstelbaar, hoe kon ze dit ooit goedmaken?

Toen ging haar mobieltje, het onding, waarom net nu?

Toch moest ze kijken.

Uurtje later, H.

★

'Ga nou eerst die knelkoppelingen halen,' zei Doevendans senior, 'straks is die winkel dicht en dan zitten we met de gebakken peren.'

Dus startte Wilco de bus en ging op weg naar het dorp. Hij reed tegen de stroom lege bussen in die zich naar de haven spoedde om een nieuwe lading eilandgasten op te halen. Ook fietsende ouders met kleine kinderen die soms breed over de zonovergoten weg uitwaaierden, dwongen hem tot stapvoets rijden.

Hij volgde de aanwijzingen die Hugo hem eerder die dag al had gegeven en sloeg in de hoofdstraat een smalle steeg in. Na de kapper zou zich aan de rechterkant een loodgietersbedrijf moeten bevinden, met daarbij een klein winkeltje waar ze ook verf verkochten.

Wilco parkeerde even verderop en liep terug naar het winkeltje, dat een tamelijk sjofele indruk op hem had gemaakt. Hij kon zich eigenlijk niet voorstellen dat ze knelkoppelingen zouden hebben. Onwillekeurig wierp hij een blik door het raam van het aangrenzende woonhuis en versteende. In een leunstoel voor de tv zat iemand met z'n arm in een mitella en hoewel Wilco de man op de rug zag, besefte hij onmiddellijk wie het was. Op hetzelfde moment herinnerde hij zich ook dat Linda iets had gezegd over een loodgieter.

Een paar huizen verder besefte Wilco dat hij de winkel niet was binnengegaan, dat hij in paniek was doorgelopen en dus nog steeds zonder knelkoppelingen zat.

Hij bleef doorlopen, de steeg uit, de hoofdstraat weer in die door drommen opgetogen vakantiegangers in beslag was genomen. Hij sloeg een andere zijstraat in, hopend op een wonder of simpelweg een andere winkel met ijzerwaren, hoewel die er volgens Hugo niet was. Hij kwam langs de vvv en liep er binnen, maar toen hij eindelijk aan de beurt was, werd zijn laatste hoop de bodem ingeslagen: de firma Leenstra was inderdaad het enige adres voor bouwbenodigdheden en doe-het-zelf-artikelen.

Besluiteloos draalde hij op het pleintje voor de vvv. Hij *moest* knelkoppelingen hebben en die waren maar op één plek te krijgen. Dus kon hij twee dingen doen: gewoon binnenlopen en hopen dat niemand hem zou herkennen, of eerst een bos bloemen kopen. Als er tenminste ergens een bloemenzaak was.

Inmiddels liep het zweet hem in straaltjes langs z'n slapen en over z'n rug; zijn hemd was kletsnat. Ineens zag hij de oplossing. Hij liep naar het hotel en vroeg z'n kamersleutel.

'Wil jij iets voor me doen?' vroeg hij Linda.

'Dat hangt ervan af,' zei ze schalks.

Hij legde haar het probleem voor en omdat ze de situatie

kende, had ze aan een half woord genoeg. Ze moest alleen iemand regelen die haar een kwartiertje kon vervangen.

'Op één voorwaarde,' voegde ze er bovendien aan toe. 'Dat je vanavond meegaat naar Paal Zes.'

Wilco vond het best, de avond was nog ver weg. Hij wachtte geduldig tot ze een vervangster had opgetrommeld en liep vervolgens met haar mee. Ze vroeg wat hij precies nodig had en ging toen naar de winkel. Zelf bleef hij op gepaste afstand staan wachten.

Tot zijn opluchting kwam ze terug met de knelkoppelingen: het juiste aantal en de juiste maat.

'En wat zeg je dan?' zei ze, terwijl ze met haar wijsvinger naar haar wang wees.

'Bedankt,' mompelde Wilco en hij zoende vluchtig de aangewezen plek.

Toen hij koers zette naar zijn bus zag hij die ene blonde met Hugo. Ze zagen hem niet, want ze gingen net zitten aan het enige vrije tafeltje op het terras van het hotel. Dat ze nu weer samen waren irriteerde Wilco, hoewel dat gevoel niet echt tot hem doordrong, laat staan dat hij begreep waar het vandaan kwam.

★

'Ik heb gezegd dat ik een nieuw topje ging kopen voor vanavond,' zei Luus, 'omdat die stomme doos gisteren m'n jurk heeft vernield. Dat ga ik straks trouwens ook doen.'

Hugo grinnikte alleen maar. Dat deed hij wel vaker, wist Luus inmiddels; onderwerpen die hem niet leken te interesseren, liet hij voor wat ze waren. Het maakte haar nerveus, maar in plaats van er dus ook het zwijgen toe te doen kakelde ze vrolijk verder, omdat ze gewoon niet wist hoe ze ermee moest ophouden.

'Stop eens,' zei hij en hij pakte haar hand. Hij keek haar aan en het lukte haar om haar mond te houden.

'Waarom wilde je me zien?'

Op dat moment begreep Luus dat de tijd van uitvluchten voorbij was.

'Ik miste je,' zei Luus.

'*Nu al?*' verwachtte ze, omdat ze dat zelf gezegd zou hebben.

Nog steeds had hij haar hand vast, zonder te strelen, zonder te knijpen.

'Dat is goed,' zei hij toen, 'dat mag.'

Ze vatte dat op als een wederzijdsverklaring en van de weeromstuit begon ze weer te ratelen. Het had, vervolgde ze, ook te maken met het eiland, met de dagelijkse nabijheid van haar drie vriendinnen of liever gezegd met de illusie dat ze nog steeds vriendinnen waren, terwijl steeds duidelijker werd dat ze in dat ene jaar behoorlijk uit elkaar waren gegroeid. Dat ze de drie die in Nederland waren gebleven niet meer begreep en dat zij op hun beurt niet schenen te snappen wat de maanden in het buitenland met haar hadden gedaan; dat ze zichzelf daarvoor niet op de borst wilde kloppen, maar dat ze wel steeds vaker het gevoel had dat ze de extra bagage die ze in dat jaar had verzameld niet met hen kon delen.

'En Fabio?'

'Nee,' zei ze impulsief, 'met Fabio gaat het ook niet.'

Toch was zijn rol in haar leven nog niet helemaal duidelijk. Het had iets te maken met consequent zijn, met het in praktijk brengen van idealen en het geloof in de maakbaarheid van je eigen toekomst, dacht ze. Opeens zag ze Fabio als beeldhouwer, als iemand die geduldig beitelt en polijst tot de ruwe bonk steen is veranderd in het kunstwerk dat hij van meet af aan in z'n hoofd had.

Hugo knikte welwillend.

'Maar daar heeft hij mij eigenlijk niet bij nodig,' zei Luus. 'Ik ben niet z'n model.'

'Maar misschien wel z'n muze?'

'Z'n inspiratiebron bedoel je? Dat misschien wel, ja.'

'Maar dat is niet de vraag,' zei Hugo.

Iemand, een man zelfs, die zo direct was: Luus had het nog niet eerder meegemaakt. Het leek een geschenk uit de hemel, de zevende hemel om precies te zijn. Een zeldzame gelukzaligheid welde in haar op: deze man, dit is hem!

'De vraag is niet wat jij voor hem betekent,' zei deze man, 'maar wat hij voor jou betekent. Of je van hem houdt. Of liever gezegd: of je genoeg van hem houdt om te onderzoeken of je zijn avontuur wilt delen.'

Een loslopende terriër scharrelde tussen de tafeltjes door.

Nu of nooit, dacht Luus.

'Nee,' zei ze, 'ik wil *jouw* avontuur delen.'

Ze had verwacht dat hij de boot zou afhouden, dat hij zou zeggen dat ze wel wat hard van stapel liep, dat ze het allemaal een beetje te serieus opvatte want hoe lang kenden ze elkaar nu helemaal?

Maar dat zei hij niet.

'Ik denk,' zei Hugo, 'dat we dat inderdaad moeten doen. Als...'

Op dat moment ontdekte de terriër een boxer, die onmiddellijk overeind vloog met zo'n geweld dat hij de tafel waaraan z'n riem vastzat omver trok en achter zich aan over het terras sleurde.

'Als wat?' vroeg Luus toen beide honden waren afgevoerd en diverse gasten en personeelsleden zich hadden bemoeid met het oprapen van glasscherven.

'Als je er werkelijk klaar voor bent.'

★

'Heb je ze?' vroeg Doevendans senior.

Zwijgend liet Wilco het pakje zien. Senior pakte het aan en ging er onmiddellijk mee aan het werk. Wilco wilde ook weer aan de slag, maar een plotselinge aandrang deed hem koers zetten naar het toilet.

Toen hij wilde afvegen, zag hij dat het pleepapier op was. Hij draaide zich om naar het raamkozijn waar hij een extra rol gezien dacht te hebben.

Van buiten klonk stuiterend geklingel, als van een gevallen doos knelkoppelingen. Toen Wilco van de plee kwam, zag hij zijn vader in een vreemde bocht op de vloer liggen.

★

Luus zag er tegenop om terug te gaan naar het huisje, terug naar de prietpraat, terug naar de gistende resten van een gedeeld verleden. Maar zowel om als in het huisje was het verrassend stil. De hitte binnen was benauwend, het stonk naar opgewarmd stof en rottend vuilnis. Op tafel lag een briefje waaruit bleek dat Lot en Lisanne naar het strand waren gegaan. Lana lag te pitten. Voorzichtig gluurde Luus om het hoekje van de deur. Hoewel de hitte ook in de slaapkamer ondragelijk was, lag Lana met kromme rug en opgetrokken knieën. Natte haren plakten aan haar voorhoofd en ook op de sproeten rond haar neus welden kleine zweetdruppeltjes. Eigenlijk was ze best wel mooi, constateerde Luus verbaasd.

Ze sloop naar buiten, sleepte een tuinstoel naar een schaduwplek en ging zitten. Stond weer op, schonk zich binnen een koud wit wijntje in en liet zich voor de tweede keer voldaan achterover zakken.

Ik denk dat we dat inderdaad moeten doen. Ze wilde een sigaret opsteken om het te vieren, maar bedacht zich. Was dit niet het ideale moment om definitief te stoppen, een uitgelezen kans om haar toekomst letterlijk en figuurlijk nieuw leven in te blazen?

Als je er werkelijk klaar voor bent. Dat was wel een smet op het geheel. Niet alleen het voorbehoud op zich, maar de toon waarop hij het had gezegd. Zo belerend, zo vaderlijk, zo patriarchaal. Alsof ze een ondergeschikte was, een talentvolle employee die zich ijverig had opgewerkt, maar nog net niet klaar was voor de grote stap: een leidinggevende functie. Laat staan het toetreden tot de directie. Terwijl ik je zo ongeveer mijn liefde heb verklaard, dacht Luus, ineens behoorlijk in haar wiek geschoten.

Ze staarde naar de bleke lucht boven de bewegingsloze boomtoppen, tot haar ogen dichtvielen en ze wegsoesde. Vrijwel meteen belandde ze weer in de droom waarvan de flarden haar de hele dag al hadden achtervolgd, opnieuw was ze verrast door de heftigheid ervan, en toen ze even later werd gewekt door de terugkeer van Lot en Lisanne wist ze weer niet wat er op de bank van Hugo werkelijk was gebeurd en wat niet.

★

'Het gaat wel weer,' zei Doevendans senior. 'Dat heb ik wel vaker als ik te snel overeind kom. Heb jij dat nooit, dat je dan even zwarte vlekken ziet?'

'Nee,' zei Wilco, 'en ik ben ook nog nooit omgedonderd.'

'Ik ook niet,' zei z'n vader.

Maar eens moet de eerste keer zijn.

'Maar eens moet de eerste keer zijn,' zei z'n vader.

'Je moet naar de dokter,' zei Wilco.

Zijn vader knikte, maar zei niks.

'Zal ik de dokter bellen?'

Maar dat vond hij nog veel te vroeg. Het kwam door het benauwde weer, dan zweette je meer en moest je op tijd je zoutvoorraad aanvullen, anders kreeg je een te lage bloeddruk en kon je inderdaad flauwvallen. Niks aan de hand, geen paniek, zoiets kon iedereen gebeuren onder deze omstandigheden.

Wilco drong niet verder aan. Zelf had hij namelijk ook liever dat het niets ernstigs was. Desgevraagd haalde hij uit Hugo's keuken de bus Jozo. Zijn vader goot een bergje zout in de palm van z'n hand, sloeg het in één keer achterover en spoelde het weg met een paar slokken kraanwater.

'Ziezo,' zei hij en hij ging weer aan het werk.

'Maar wat ga je nu eigenlijk doen in september?' vroeg Lana gapend aan Lot. Ze lagen allebei languit op de bank, maar in tegengestelde richting. Alleen al die constructie irriteerde Luus. Te close, te innig.

'Misschien ga ik toch maar een jaartje reizen,' zei Lot.

Aha, dacht Luus triomfantelijk, maar ze had besloten zich er niet mee te bemoeien. Ze had een oude *Elsevier* uit de mand gevist en deed of ze er geboeid in zat te lezen. Ondertussen spookte er natuurlijk maar één zin door haar hoofd. *Als je er werkelijk klaar voor bent.* Wat verbeeldde hij zich wel? En waarom belde hij niet met het voorstel om er toch nog even verder over te praten zodat hij het nader kon uitleggen? Waarom had hij zo plotseling weg gemoeten? Hoe belangrijk kon een eetafspraak met kennissen die toevallig ook op het eiland waren nou helemaal zijn? Bestonden ze eigenlijk wel?

'Waarheen?' vroeg Lana. 'Australië, I presume?'

Ze schoten allebei in de lach, maar Luus begreep de lol niet.

'Australië moet inderdaad fantastisch zijn,' zei Lisanne, die een courgette stond te snijden aan het aanrecht. Lana en Lot lachten nog harder. Opeens moest Luus weer denken aan hun ontboezeming over het rijke mensen pesten. Wat hadden Lot en Lana eigenlijk met elkaar? Waarom had ze nooit eerder iets van hun speciale band gemerkt, als die er inderdaad was?

'*Iedereen* gaat tegenwoordig naar Australië, San,' zei Lot, 'je struikelt er over de backpackers.'

Je bent toch zelf ook een backpacker, dacht Luus nijdig.

'En bovendien: als ik ga reizen wil ik ook echt een andere cultuur zien en niet weer zo'n McDonald's-kloon.'

Waar *heb* je het over, dacht Luus, je bent er nog nooit geweest. Maar ze zweeg koppig verder.

'Ik dacht meer aan Thailand, of Vietnam,' vervolgde Lot.

Ik weet wel een plek in Afrika waar je zo naartoe kan, dacht Luus. Ze kon het werkelijk niet uitstaan. Lot die alsnog ging pronken met het air van wereldreiziger, terwijl ze nauwelijks verder was geweest dan de *fucking* Ardennen.

'Daar heb je hele mooie tempels,' zei Lana. 'Maar ook enge slangen. Ik ben bang dat ik de slangen meer eng vind dan dat ik de tempels mooi vind, als je begrijpt wat ik bedoel. Of is dat in Laos?'

'Het lijkt me zo'n andere manier van leven,' zei Lisanne. 'Ik weet niet of ik me daar makkelijk zou kunnen bewegen.'

'Wat mij zo prettig lijkt is dat het leven daar niet gedomineerd wordt door extreme schoonheidsidealen. Oude mensen tellen daar gewoon mee, niet iedereen hoeft eruit te zien als een Hollywoodmodel.'

'O, dus *daarom* laat je je snor staan,' zei Luus.

'Leuk hoor Luus,' zei Lot, 'lees jij nou maar gewoon verder.'

'Dat lukt nauwelijks met jullie gesnater.'

'Oeps,' zei Lana. 'Luus staat even niet in het middelpunt van de belangstelling. Sorry Luus.'

Hou je snavel, frigide kip, dacht Luus, maar de snaar was geraakt. Het gegiechel op de bank, het gekras van Lisannes mes over het snijplankje: alle geluiden leken bedoeld om haar buiten te sluiten.

Was dat misschien altijd al zo geweest?

Was ze soms al die jaren feitelijk een buitenstaander geweest terwijl ze er zelf van overtuigd was dat ze de spil vormde waarom de 4LL draaiden?

Als je er werkelijk klaar voor bent.

'Ik zou het gewoon nooit durven,' zei Lana. 'Ik ben altijd bang dat ik uitgerekend in zo'n land een blindedarmontsteking oploop en dat ik dan door de plaatselijke dokter geopereerd moet worden, die me verdooft met een halve fles cognac en daarna met kapmessen m'n buik opensnijdt.'

'Een blindedarmontsteking loop je niet op,' zei Lisanne, 'dat is niet besmettelijk, hoor.'

'En dat je dan een bloedtransfusie krijgt uit een zakje dat met hepatitis is besmet,' zei Lana. 'Een oom van mij heeft dat gehad, die heeft nu leverkanker of zoiets.'

'Waar?' vroeg Lot. 'In Thailand?'

'Zou kunnen. Is dat het land dat vroeger Siam heette? Ik geloof dat het daar was. *De koning van Siam die had het zo koud...*'

'*Toen heeft hij z'n kop in de kachel gedouwd,*' vervolgde Lot.

'Weet je dat ik dat vroeger een keer geprobeerd heb?' grinnikte Lana. 'Onze buren hadden een houtkachel, of een allesbrander of zoiets. Ik was zo benieuwd hoe dat zou zijn dat ik m'n kop door dat gat heb gewurmd.'

'Toch niet toen hij brandde?'

'Kunnen jullie nou echt niet een paar minuten je kop houden?' zei Luus. 'Jullie kakelen maar door, ik kan me helemaal niet concentreren op wat ik lees.'

Het had onmiddellijk effect: de stilte zweefde als een zeepbel door de kamer, maar bleek ook net zo broos, want het volgende moment barstten de andere drie in lachen uit, als op commando van een dirigent.

'En wat lees je dan allemaal voor boeiends?' riep Lot en lichtte de voorpagina even op. 'De *Elsevier*! Ja, daar moet je natuurlijk wel je hersens bij houden.'

★

Omdat Doevendans senior er nog steeds op rekende dat de avond een noodweer zou brengen, hadden ze de bouwplaats extra zorgvuldig afgedekt met zeil. Wilco's opluchting over zijn handige oplossing van het knelkoppelingprobleem en de wederopstanding van z'n vader had toen al plaatsgemaakt voor een groeiende tegenzin in de avond die hem te wachten stond.

Terwijl zijn vader de laatste spullen opruimde werd de nieuwsgierigheid Wilco te machtig en belde hij een van z'n teamgenoten en tot zijn ontsteltenis hoorde hij dat Mitchell tweemaal had gescoord, een keer uit een corner en een keer uit een strafschop. Even hoopte Wilco nog dat hij door z'n aanvallende acties verdedigend misschien een steekje had laten vallen, maar dat was niet het geval. Mitchell had ondanks zijn zestien jaar een verpletterende indruk achtergelaten en iedereen ging ervanuit dat hij volgend jaar in het eerste zou staan.

Bedrukt reed Wilco het busje naar het hotel.

'Douchen, eten en vroeg naar bed,' zei Doevendans senior, die z'n valpartij toch nog niet helemaal te boven leek.

Maar Linda zat weer achter de balie en had nog een verrassing in petto.

'Over een uurtje ben ik vrij. Zullen we dan ergens een hapje gaan eten?' vroeg ze toen Wilco z'n sleutel kwam halen.

'Ik eet altijd met m'n vader,' zei hij.

'Oké,' zei ze teleurgesteld. 'Kom je me daarna halen?'

★

Ondanks het miezerige straaltje water en de voortdurend omlaag zakkende douchekop, kwam Luus onder de douche weer een beetje tot zichzelf. Het had haar veel moeite gekost om zich te beheersen, maar niemand had gemerkt hoe verloren, overbodig en wanhopig ze zich had gevoeld.

Terwijl ze zich afdroogde, concludeerde ze schuldbewust dat ze zich weer eens verschrikkelijk had aangesteld. De anderen hadden gelijk: ze had een idioot groot ego en navenant lange tenen. Ze had veel te veel aandacht voor zichzelf en te weinig voor anderen. Zie de kwestie Fabio. Zie ook haar moeder.

Maar het was nog niet te laat, nam ze zich voor. When the going gets tough, the tough get going.

'Je schrok zeker wel, toen ik daar ineens lag.'

Wilco beaamde het. Hij was zich de pleuris geschrokken. Maar momenteel dacht hij meer aan Mitchell. En vooral aan het vooruitzicht van weer een jaar in de A1. Weer een jaar net niet.

'Nou heb ik eens zitten denken,' zei z'n vader terwijl hij z'n soeplepel neerlegde, 'stel nou dat ik het toch wat rustiger aan moet doen. Daar ga ik niet van uit, want ik voel me verder prima, maar stel dat. Het is toch wel handig als je vast wat meer taken overneemt.'

Daarvan schrok Wilco zo mogelijk nog meer dan van de aanblik van z'n gevelde vader eerder die dag.

'Wat dan?'

'Een offerte maken bijvoorbeeld. Ik weet dat het niet je sterkste punt is, maar je zal het toch een keer moeten leren...'

Natuurlijk had Wilco het kunnen zien aankomen. En feitelijk *had* hij het ook zien aankomen, maar tot op dat moment aan het formica tafeltje van snackbar De Palm had hij gedacht dat iemand hem op tijd zou redden.

'En de grote lijnen van de boekhouding. Het meeste kun je natuurlijk aan Drijfgouw overlaten, maar je moet er wel iets van weten, ook vanwege de offertes.'

De rest hoorde Wilco niet meer.

Hij sneed z'n wienerschnitzel, doopte z'n friet in de mayonaise, kauwde, slikte en klampte zich vast aan de wetenschap dat Mitchell zwakke enkels had. Eén verkeerde beweging, één kuiltje in het veld kon hem fataal worden en hem voor maanden uitschakelen. Hij zou niet het eerste talent zijn, die op die manier van een glanzende carrière werd afgehouden.

'Hugo heeft me trouwens nog een keer gevraagd of we & Zn vanavond mee uit willen nemen,' zei Luus. 'Ik bedoel die jongen van hiernaast, dinges...'

'Wilco,' zei Lot.

'Wanneer dan?' vroeg Lisanne.

'Vanavond. Naar die Tropical Nite.'

'Ja, dat weet ik. Maar wanneer vroeg Hugo dat?'

'In het dorp,' zei Luus betrapt, 'ik kwam hem toevallig tegen toen ik dat topje ging kopen. Misschien komt hij later zelf ook nog, maar hij had eerst nog een eetafspraak met vrienden die hier een huisje hebben gehuurd.'

Ze verzweeg dat ze had overwogen met hem mee te gaan, dat ze hem dat zelfs had voorgesteld en dat hij dat prima had gevonden. Uiteindelijk had ze het plan toch weer laten varen, ten eerste omdat ze dacht dat ze het niet kon maken tegenover de 4LL en ten tweede omdat ze toen al vaag gepikeerd was over het aanmatigende *Als je er werkelijk klaar voor bent.*

Bovendien had hij natuurlijk gelijk, had ze zich onder de douche gerealiseerd. Tenslotte moest ze inderdaad het geval Fabio nog netjes afronden.

'Maar wat is precies de bedoeling?' wilde Lisanne weten.

'Weet ik veel,' zei Luus. 'Dat we hem een beetje amuseren, neem ik aan.'

'Dat lijkt me dan een mooi klusje voor jou,' zei Lot.

'Hè nee,' zei Lana, 'mag ik hem? Luus heeft er al zoveel gehad.'

'Je lijkt Obelix wel,' lachte Lisanne.

'Ik hoop alleen één ding,' zei Luus, 'dat die broedse koe er niet is.'

'Wie?'

'Die doos die mijn jurk heeft verpest.'

★

Even hoopte Wilco dat het allemaal niet doorging, want

toen hij terugkwam in het hotel zat er een ander meisje achter de balie.

'Linda wacht al op je,' zei ze.

Ze glimlachte betekenisvol en knikte in de richting van het cafégedeelte. Linda zat aan de leestafel en wenkte opgetogen.

'Het is nog te vroeg,' zei Linda na een blik op haar horloge. 'Zullen we eerst nog even naar jouw kamer?'

Wilco vond het best. Hij was moe en het vooruitzicht even plat te kunnen gaan, sprak hem eigenlijk bijzonder aan.

'Schik eens op,' zei Linda. 'Sorry dat ik niet zo'n slanke den ben, maar ja, je moet me maar nemen zoals ik ben.'

Wilco schoof op naar de muur en ze nestelde zich tegen hem aan.

'Gaat het wel?' vroeg ze, maar Wilco had de zapper al te pakken. Omdat ze niet van sport hield – tenminste niet om naar te kijken – bleven ze hangen op RTL4, iets over New York, een stad waar Linda dolgraag heen wilde.

'Weet je op wie jij lijkt,' zei ze opeens. 'Op Jim. Jim van Idols! Maar dan met de ogen van Leonardo di Caprio.'

★

In Luus' herinnering was Lana altijd degene die het minst werk maakte van haar uiterlijk en doorgaans had ze lak aan iedere dresscode, maar ditmaal was Lana juist degene die eindeloos bleef tutten. Over haar eigen outfit was Luus trouwens maar matig tevreden. Omdat ze veel te lang met Hugo op het terras was blijven zitten, was er nog maar krap een kwartier overgebleven voor het uitzoeken van iets nieuws. Uiteindelijk was haar keus gevallen op een zwart topje dat je zowel eenvoudig zou kunnen noemen als geraffineerd, omdat de strakke taille de curve van haar boezem onderstreepte, terwijl de diepe v-hals net genoeg te raden overliet. Ze had het alleen niet meer kunnen passen en de stof bleek minder elastisch dan ze had verwacht, zodat ze zich nogal opgestopt voelde.

Gevieren vervoegden ze zich bij de balie van het hotel. Luus deed het woord en vroeg naar Wilco Doevendans.

'Ze zijn net de deur uit,' zei het meisje.

'Is hij met z'n vader?'

'Nee, met een collegaatje van me.'

'Dat *meen* je niet!'

Het meisje kon er natuurlijk ook niks aan doen, maar Luus' verontwaardiging was groot.

'Met wie zei je?'

'Met Linda, een collegaatje van me.'

'Ook dat nog,' zei Luus meewarig, 'Lindadepinda.'

★

Voor het eerst fietste Wilco over het eiland. Vanaf de bagagedrager wees Linda hem de weg door het schemerduister. Ze passeerden een camping waar mensen voor hun tent zaten te lezen in het licht van suizende gaslampjes. Kinderen met zaklantaarns zaten elkaar joelend achterna door de struiken.

Na de camping waren er geen straatlantaarns meer, maar gelukkig lichtte het schelpenpad enigszins op.

'Wat ruikt het lekker hè,' zei Linda, maar Wilco rook niets bijzonders.

Ze reden het bos in, waar het zo mogelijk nog donkerder was. 'Ik ben blij dat ik hier niet alleen fiets,' zei Linda. Wilco voelde haar hoofd tegen z'n ruggengraat. Haar armen lagen rond z'n middel en een vinger zocht z'n navel.

Aan de andere kant van het bos bleek de lucht nog niet helemaal zwart, want boven de duinen hingen nog wat paarse en roze slierten. In de verte schenen de lichten van Paal Zes. Dat speet Wilco, want het fietsen beviel hem.

★

'Ga jij toch maar achterop,' zei Lana.

'Hoezo?' vroeg Luus.

'Ik heb zin om te trappen, dat is goed tegen de zenuwen.'

'Zenuwen?'

'Ik kan nog niet zo goed tegen mensenmassa's,' zei Lana, 'herstel: ik kan steeds *minder* goed tegen mensenmassa's.'

Inderdaad was Lana nogal stilletjes, dus dat gaf Luus de gelegenheid om onderweg de stand van zaken nog eens op een rijtje te zetten.

De stand van zaken heette Hugo en de kink in de kabel heette Fabio, maar hij was inmiddels niet meer een kwestie van twijfel maar alleen nog van oponthoud: waar het om ging was dat ze hem zo snel mogelijk liet weten dat ze niet op haar besluit terugkwam. De unieke kans die men Fabio had geboden kon daar niets aan veranderen. Wat hij nodig had was iemand die hem in Afrika daadwerkelijk terzijde kon staan, een Florence Nightingale, ja wat toepasselijk eigenlijk... een Firenze Nightingale.

Dus eigenlijk was alles onder controle. Eigenlijk was er geen vuiltje aan de lucht en eigenlijk stond niets een avondje fors stappen in de weg. Hopelijk kwam Hugo nog, maar zo niet: ook goed, ze zou zich heus wel vermaken.

★

'Is er iets?' vroeg Linda.

Dat was er zeker. Vrijwel meteen na binnenkomst had Wilco een bekend gezicht gezien. En de enige gezichten die hij op het eiland kende waren die van de voetbalclub. Het was weliswaar een van zijn medespelers uit het potje, maar diens donkere blik en het gesmiespel van de jongens die om hem heen stonden, voorspelden weinig goeds.

'Misschien had je toch een bloemetje moeten brengen,' zei Linda. 'Kom mee.'

Ze gingen zo ver mogelijk van het clubje vandaan staan en tot Wilco's opluchting kwamen ze niet onmiddellijk achter hen aan.

Het was al behoorlijk druk in Paal Zes. Waar al die jongeren ineens vandaan kwamen was Luus een raadsel, want tot nu toe had ze de indruk dat het eiland vooral bevolkt werd door bejaarden op sandalen en gezinnen met verwende kinderen.

Een schetterende dj sloofde zich uit achter een indrukwekkende hoeveelheid apparatuur en in Luus' middenrif vibreerde de daverende beat.

Ze speurde de dansvloer af en spotte hen vrijwel meteen. Ze stonden wat achteraf tegen een pilaar geleund.

Het loeder. Gelukkig zag ze er ronduit belachelijk uit, een veel te kort glittertruitje, dat ruim zicht bood op het vet rond haar middel. Luus had de neiging er stante pede op af te gaan en & Zn aan z'n arm mee te trekken, maar uit de manier waarop ze bij elkaar stonden begreep ze dat ze misschien al te laat was. En trouwens: wat maakte het eigenlijk uit? De vraag van Hugo was om Wilco een leuke avond te bezorgen en als Lindadepinda die taak op zich nam: ook prima.

Een welkomstdrankje was bij de toegangsprijs inbegrepen en bestond uit een cocktail waarin in ieder geval een flinke scheut tequila was verwerkt. Lisanne vond het veel te sterk, dus ledigde Luus ook haar glas. Daarna gingen ze over op bier, want het bleef broeierig warm.

Een blonde jongen met een spiegelende zonnebril in z'n kuif die vanuit een clubje soortgenoten al een paar keer naar haar had gekeken, kwam op haar af. De dapperste van het stel: Luus kon het scenario dromen. Toch verveelde het haar nooit echt.

'Dansen?' vroeg hij.

Luus vond het best. Ze hield van dansen, dus wat lette haar? Hugo, Fabio? Dan hadden ze er maar moeten zijn.

Ook Wilco en Linda hadden zich onder de dansenden gemengd.

Onwillekeurig bewoog Luus hun richting uit, om te

inspecteren hoe hij danste, hoe ze deden. Het eerste viel mee: hij bewoog zich heel behoorlijk voor een Nederlander. Het tweede viel tegen: ze probeerde z'n aandacht te trekken, maar hij had geen oog voor haar. En dat was iets waar ze absoluut niet tegen kon.

Zonder veel omhaal manoeuvreerde ze zich tussen Wilco en Linda in, terwijl haar eigen partner vertwijfelde pogingen deed haar te volgen.

'Hi!' schreeuwde ze.

De paniek in zijn ogen hield ze voor enthousiasme en ze concludeerde dat hij blij was haar te zien. Ze hield z'n blik een tijdje vast, besloot met een knipoog en danste vervolgens bij hem weg.

★

Zodra Luus haar hielen had gelicht, boog Linda zich naar Wilco's oor.

'Wat wilde ze?'

Wilco haalde z'n schouders op. Hij begreep het werkelijk niet. Ook hij had een cocktail achter de kiezen en omdat hij zelden dronk was het alcoholpercentage voor hem rijkelijk aan de hoge kant. Waar ze ineens vandaan was gekomen, was hem een raadsel. Wat wilde ze, waarom daagde ze hem zo uit? Waarom wilde ze hem per se voor schut zetten?

★

Luus danste zich volledig in het zweet. Ze voelde dat ze opzien baarde en genoot ervan. Het drankje van de blonde jongen wimpelde ze af en ze voegde zich weer bij de andere 4LL die nog steeds in hetzelfde hoekje op een kluitje stonden.

'Come on girls, let's dance!' riep Luus.

Ze lieten zich meetronen in het gewoel van de meute die zich collectief aan de plakkerige loomheid van de afgelopen uren probeerde te ontworstelen. Ze dansten met z'n vieren en vooral dankzij Luus' opzwepende bewegingen kregen ze er lol in. Luus zelf hield ondertussen ook het doen en laten van Wilco in de gaten en ze zorgde ervoor dat hij haar regelmatig in beeld had.

'Wat ben jij toch een ongelofelijk feestbeest,' zei Lana, toen ze even pauzeerden. 'O kijk, bliksem!'

Inderdaad lichtte in het zuiden de hemel af en toe op.

Dat hoefde nog niks te betekenen, orakelde Lisanne, vaak bleef het hangen boven het vasteland.

Luus verzamelde de lege glazen op het blad om opnieuw naar de bar te gaan.

'Ik sla een rondje over,' zei Lisanne.

'Je moet juist goed drinken met dit weer,' zei Lana. Ze keek alweer tamelijk lodderig uit haar ogen, zag Luus, maar ze genoot te erg om zich er zorgen over te maken. Bovendien was ze zelf ook prettig aangeschoten, meer dan prettig zelfs. Half en half hoopte ze nog steeds dat Hugo zou komen opdagen, maar ook zonder hem was ze in haar element en ze ging dan ook meteen weer mee toen de blonde jongen met de zonnebril haar weer ten dans vroeg.

★

Ook Wilco had nog steeds dorst. Geen wonder, want de temperatuur op de dansvloer bereikte langzamerhand tropische waarden.

'Jij nog?' vroeg hij aan Linda.

Op weg naar de bar zag hij ze weer staan, de spits en z'n kornuiten, maar ze leken toch minder gevaarlijk dan hij had gedacht. Hij had dan ook niet in de gaten dat een van hen zich losmaakte uit het groepje. Wilco zag hem pas toen hij opeens vlak voor hem opdook, ook omdat het ging om een jochie dat eigenlijk veel te jong was voor een tropical nite in Paal Zes. Hij was twee koppen kleiner dan Wilco maar keek hem niettemin uitdagend aan, en voor Wilco in de gaten had wat er gebeurde haalde hij uit en schopte Wilco vol tegen z'n schenen. Triomfantelijk liep hij terug naar z'n kameraden van wie sommigen dubbel lagen van het lachen en anderen hem goedkeurend op de schouder sloegen.

Heel even wist Wilco niet waar hij was en wat hij deed, maar het volgende moment stond hij bij de bar en deed zijn bestelling. Hij merkte wel dat z'n hele lichaam trilde, maar hij was nog helder genoeg om te beseffen dat iedere reactie hem duur kon komen te staan. Ze zochten een aanleiding, zoveel was wel duidelijk.

Met de glazen in zijn handen baande hij zich een weg terug. Zijn scheen schrijnde en schreeuwde om wraak.

'Zullen we even naar het terras?' zei Linda.

Buiten was het nauwelijks koeler, maar wel minder druk. In de verte weerlichtte het.

Linda leunde met haar rug tegen de houten buitenmuur en trok Wilco tegen zich aan.

'Gezellig hè?' fluisterde ze en ze legde haar hoofd tegen zijn borst. Wilco op zijn beurt legde zijn handen op haar rug, die nat was van het zweet. Meteen begon ze zijn billen te strelen en hief ze haar hoofd op om gezoend te worden.

Dus dat deed Wilco.

★

'Ik heb het eigenlijk wel een beetje gezien hier,' zei Lot.

'Ik ook,' zei Lisanne, 'ik ben best wel moe.'

'Kom op,' riep Luus, 'het begint net. Bovendien moeten we Duco nog amuseren.'

'Wilco,' zei Lana.

'Waar is hij trouwens?' vroeg Luus.

'Naar buiten,' zei Lana.

'Kut,' zei Luus en ze snelde naar buiten. Ze vroeg zich niet af waarom Lana zo precies wist waar hij uithing.

Ze moest even wennen aan het donker buiten, maar vond toch al gauw wie ze zocht, en wel in innige omstrengeling.

Even overwoog ze hardhandig in te grijpen. Maar hoe?

Ze slenterde wat over het terras en veinsde belangstelling voor de natuurlijke lichtshow kilometers verderop, waarbij wijdvertakte bliksemschichten zo venijnig oplichtten dat het leek alsof het firmament ieder moment in gruzelementen kon vallen. Ach, wat kon het haar ook schelen? Als die knul werkelijk liever wilde bekken met zo'n peel-away-the-pounds-babe dan met haar, dan moest hij het zelf maar weten.

Ze ging weer naar binnen en baande zich een weg dwars door een groepje rumoerige jongens dat net naar buiten wilde.

★

Het strelen van zijn billen werd onderbroken door een venijnige kneep. Dat wil zeggen: bij nader inzien ging het strelen gewoon door, maar werd er ook hard en nadrukkelijk geknepen. Toen hij gejoel achter zich hoorde, voelde Wilco nattigheid. Hij keek om en zag hetzelfde jonge gastje dat hem tegen z'n schenen had geschopt.

'Wat is er?' vroeg Linda.

Wilco deed een greep naar het jochie, maar dat dook op tijd weg.

'Zoenen! Zoenen!' begonnen de omstanders. Ze kwamen langzaam dichterbij. Een van hen joelde niet mee, maar haalde langzaam en nadrukkelijk zijn wijsvinger langs z'n keel.

Op hetzelfde moment dook het jochie weer op en haalde weer uit. In een reflex greep Wilco zijn been en trok hem onderuit.

De groep kwam nog dichterbij, de jongen met het denkbeeldige mes voorop.

'Handen thuis jij!'

Het jochie krabbelde overeind. Tegelijkertijd drong Linda zich tussen Wilco en z'n belager en duwde de laatste met beide handen terug.

'Stel je niet aan, Bouwe Kraag,' zei ze, waaruit Wilco opmaakte dat ze de jongen met het mes kende. 'Wat een gezeur. Kom mee!'

Dat laatste was voor Wilco bedoeld. Ze pakte hem bij z'n arm en nam hem mee naar binnen.

★

Luus stond bij de bar toen Wilco en Linda langsliepen. Het vervolg voltrok zich zonder voorbedachten rade, verklaarde ze later bij het getuigenverhoor.

'Biertje?' vroeg Luus en ze hield Wilco een glas voor. Hij aarzelde even, maar ze duwde het hem gewoon in z'n hand.

'Jij ook?' vroeg ze Linda. Zonder het antwoord af te wachten pakte ze nog een glas van het blad. Ze deed of ze het Linda wilde aanreiken maar op het laatste moment liet ze het kapseizen over de boezem van haar rivaal.

'Oeps,' zei Luus, 'wat *stom* van me. Nou ja, bier vlekt gelukkig niet zo erg als olijfolie.'

'Dat deed je expres!' siste Linda en even leek het alsof ze Luus aan wilde vliegen. Toen zei ze: 'Kijk dan toch', terwijl ze met beide handen de onderrand van haar glittershirt beetpakte en van zich afhield.

'Breng het naar de stomerij,' zei Luus triomfantelijk. Ze pakte Wilco bij z'n hand en trok hem mee de dansende menigte in.

★

Voor Wilco ging het allemaal veel te snel en de logica van de gebeurtenissen ontging hem totaal. Wat hij merkte was dat hij op de dansvloer belandde en dat vrijwel meteen daarna Linda zich op Luus stortte, dat ze elkaar sloegen en aan de haren trokken en dat de andere meiden hen probeerden uit elkaar te halen. Hij kon niet meer uitmaken wie wie was omdat alle vijf meiden op elkaar leken – allemaal even blond, even bruin en allemaal met dezelfde paardenstaart. Ook jongens bemoeiden zich ermee, en hij bevond zich opeens midden in een kluwen van duwende en trekkende mensen en kreeg een forse beuk in z'n maag van een gozer met een zonnebril in z'n haar. Toen nam iemand hem bij de hand en loodste hem door het tumult naar buiten.

'Kom mee, mooie jongen,' lispelde die iemand terwijl ze het nachtelijk duister in wankelden, 'ik moet op je passen.'

Een brakke zondag

'Ze is terecht,' zei Hugo. Hoe hij dat zo snel had uitgevonden begreep Luus niet, maar ze was dolblij dat hij er was.

Nadat ze zich aan de vechtpartij had weten te ontworstelen, was ze naar buiten gegaan in de hoop daar de anderen te zien. Lot en Lisanne waren er ook inderdaad, al net zo verfomfaaid als zijzelf, maar Lana was in geen velden of wegen te bekennen. Luus had de vage hoop dat ze misschien al naar het huisje was gegaan, of misschien met & Zn mee naar z'n hotel, want ook hem zag ze nergens meer.

Toen ze twee uur later nog steeds geen spoor van Lana hadden ontdekt, waren ze toch maar naar de politie gegaan en daar zaten ze nog steeds. Vandaar had Luus eindeloos naar Hugo ge-smst en uiteindelijk had ze hem te pakken gekregen.

'En?' vroeg ze hoopvol.

Hij sloeg eerst zijn jas en daarna z'n arm om Luus' blote schouders.

'Waarschijnlijk is ze verkracht,' zei hij, 'maar ze is zo overstuur en onderkoeld dat ze nog geen verklaring heeft kunnen afleggen. Ze moet kilometers langs het strand hebben gelopen. En er is ook nog sprake van een zwaargewonde jongen, maar wat die er precies mee te maken heeft is nog onduidelijk.'

★

Wilco werd wakker van hondengeblaf. Hij deed z'n ogen open en ontdekte in het ochtendlicht dat hij nog steeds in de duinpan lag, waarin hij ten einde raad was neergeploft. Blijkbaar was hij toch in slaap gevallen.

Opnieuw geblaf. Hij kwam overeind en zag in de verte agenten naderen, nog klein als speelgoedsoldaatjes.

Wanhopig viel hij terug in het klamme zand want uit de flarden herinnering die hem besprongen, begreep hij dat verder rennen zinloos was.

Het onweer had hen ingehaald toen ze net het strand op liepen. 'Kom op,' riep degene die hem bij de hand had. Hij wist nog steeds niet zeker wie het was, maar het kon hem ook niet schelen. Ze had hem meegetroond in de richting van de strandkar. Daar waren ze onder gekropen terwijl de donder over hun hoofden rolde en de aarde trilde.

'Nou wij, mooie jongen,' had ze gefluisterd toen het ergste lawaai voorbij was, 'nou wij', en meteen daarna had ze zich tegen hem aangedrukt. Wilco vond het allemaal best. Hij was te ver heen om tegen te stribbelen en raakte bovendien snel opgewonden toen ze doelgericht in z'n onderbroek graaide. Het kostte nog wel wat moeite om bij haar binnen te komen – hij herinnerde zich onverwacht helder dat ze kreunde en 'Au' riep – maar zodra dat gelukt was, explodeerde hij.

Daarna was het helemaal misgegaan.

'Was dat alles?' had ze gevraagd. 'Ik had gedacht dat het veel langer zou duren. Ik heb niet eens aan kattenlijkjes kunnen denken. Laat staan aan een boodschappenlijstje.'

En toen had ze gelachen. Een vreemd lachje.

'Dat moet ik Luus vertellen. Dat er ook mannen zijn die het zo snel kunnen dat je het niet eens merkt.' Weer had hij haar borstkas onder zich voelen hikken van het lachen. Meteen was hij van haar af gekropen en achteruit onder de wagen uit geschoven.

Pas toen had hij gemerkt dat ze niet alleen waren. Iets verderop lagen nog twee gestalten op hun buik in het zand, hun benen staken onder de kar vandaan. Net als hij kwamen ze overeind. Ondanks het duister had hij de kleinste onmiddellijk herkend: het jochie dat hem twee keer tegen z'n schenen had geschopt. Nog steeds toonde hij niet het minste ontzag voor Wilco, integendeel.

'Nou al klaar?' had hij gezegd en daarbij veelbetekenend gegrijnsd.

'Mooi, dan zijn wij nu aan de beurt,' had iemand anders gezegd, iemand wiens stem Wilco niet herkende maar het zou de jongen van het mes geweest kunnen zijn.

En toen was Wilco in paniek geraakt, niet zozeer door het dreigende vervolg maar vooral door de gedachte dat ze het aan de anderen zouden vertellen en dat iedereen zich zou bescheuren om zijn matige prestatie. Hij was overeind gekomen en van wat er daarna gebeurd was, herinnerde hij zich alleen flarden. Iemand had hem laten struikelen, hij was overeind gekropen, de grijns van het jochie had een onstuitbare woedegolf in hem veroorzaakt, er was geslagen en geschopt en het jochie was met z'n hoofd tegen een ijzeren wieldop beland.

En dat herinnerde Wilco zich dan wel weer heel goed, hoe hard hij z'n handen ook tegen z'n oren drukte: de krak die uit dat hoofd was gekomen op het moment dat het tegen het ijzer knalde.

Een treurige maandag

De taxi waarin Luus en Hugo zaten voegde zich in de sliert voertuigen die over het eiland trok in de richting van de haven, vanwaar de boot van half zes zou afvaren. Zelf zouden ze pas de volgende dag vertrekken, omdat Hugo nog een paar zaken moest afhandelen in verband met de verbouwing, die voorlopig was stilgelegd. Dat de firma Doevendans & Zn het karwei zou afmaken was volgens Hugo uitgesloten.

Luus staarde uit het raampje zonder dat de weilanden vol vogels, de kampeerboerderijen en de onverzettelijke dijk daarachter veel indruk op haar maakten. Ook Hugo zweeg, zijn hand lag begripvol op haar bovenbeen.

De taxi draaide de parkeerplaats op en stopte. Luus stapte uit, keek even rond en ontwaarde de andere drie 4LL op de trappen voor het wachtlokaal. Ze waren behoorlijk bruin geworden, constateerde Luus, alleen Lana was even bleek als altijd, maar dat was natuurlijk ook geen wonder.

Ze voegde zich bij hen. Hugo volgde haar, al hield hij nu gepaste afstand. Lana had haar zonnebril op en Luus kon aan de rest van haar gezicht niet zien hoe ze eraantoe was. Tot nu toe was ze de dag trouwens wonderwel doorgekomen, mede dankzij de verhoogde dosis medicijnen die haar eigen huisarts haar na een telefonisch consult had voorgeschreven. Gelukkig zouden Lana's ouders haar aan de overkant opwachten.

Wat er nu precies gebeurd was wist Luus nog steeds niet, maar zeker was wel dat Lana niet was verkracht, niet door Wilco en ook niet door iemand anders. Wat het niet minder erg maakte voor die jongen die in het ziekenhuis lag en die er volgens de laatste berichten slecht aan toe was.

'Daar staan we dan,' zei Luus.

Niemand reageerde.

'Daarginds komt de boot,' zei Lisanne en ze wees op het silhouet dat met een wolk meeuwen achter zich aan over de twinkelende Waddenzee voer.

'Een week geleden,' zei Luus.

'Ruim,' zei Lot.

'Als we het allemaal van tevoren geweten hadden...' zei Lisanne bedrukt.

Ondanks alles werd Luus ineens overweldigd door het panorama, door de gigantische hoeveelheid uitzicht naar alle kanten. Zoveel lucht, zoveel water. Voor het eerst voelde ze wat Lisanne zo aantrok aan deze uithoek, die toch eigenlijk als een overgeschoten puzzelstukje naast de kaart van Nederland lag.

Beneden hen dromden steeds meer vertrekkende eilandgasten samen voor het hek dat straks toegang zou geven tot de kade. Ook zij zagen er zomers uit in de zachte namiddagzon, maar in tegenstelling tot de 4LL waren de meesten in opperbeste stemming.

'Kijk daar,' zei Lisanne.

Een busje sloot achteraan in de korte rij wachtende auto's voor het hek. Doevendans & Zn. Door het zijraampje zag Luus de aannemer zitten, ellebogen op het stuur, hoofd in de handen. Ze kon er niet naar kijken zonder tranen in haar ogen te krijgen.

De boot naderde en maakte de draai naar de aanlegsteiger. Het opgetogen gemurmel onder de wachtenden nam toe.

'Ik neem vast afscheid,' zei Hugo. Hij omarmde eerst Lisanne, toen Lot en uiteindelijk Lana, en maakte zich daarna discreet uit de voeten.

'Eerst moeten de nieuwe mensen nog van de boot af,' zei Lisanne. Maar dat waren er niet veel op een maandagnamiddag als deze en algauw kwam een medewerker van de veerdienst het hek openschuiven.

Als op commando vielen de 4LL elkaar in de armen.

'Volgens mij moeten jullie gaan,' zei Luus ten slotte en ze snoot haar neus in de papieren zakdoek die Lisanne uit haar broek had opgediept.

'Zullen we volgend jaar maar weer naar Turkije gaan?' zei ze toen, hoewel ze zeker wist dat ook de anderen beseften dat dit hun laatste gezamenlijke vakantie was geweest.

Ze keek hen na en zag hoe ze uiteindelijk als laatsten de loopbrug naar de boot oprenden. Zelf daalde ze het bordes af, liep naar Hugo die had postgevat bij een dikke houten paal langs de kademuur, en keek de boot na tot in haar tasje haar mobieltje begon te zoemen.

Lees ook van Chris Bos:

Het oog, een liefde

Die ogen, ik verzoop erin. En toch waren ze in wezen het-
zelfde als die van wie dan ook: een verzameling vliezen
rond een glasachtig lichaam. Wat maakte ze dan toch zo
bijzonder? En waarom waren ze nog mooier als ze lachte?

Ze friemelde met een plastic lepeltje, testte de buig-
zaamheid. Opeens richtte ze het als de loop van een pistool
op mij.

'Pauw pauw,' zei ze. 'Sorry, niet doodgaan, hoor.'

Er was iets. Ze leek nog zenuwachtiger dan ik, streek een
losse lok uit haar ogen en titke met het lepeltje tegen haar
lippen. Toen boog ze zich voorover. 'Ik moet je nog iets ver-
tellen.'

Dit is het verhaal van zes scholieren, die een dichtersclub
hebben en regelmatig bij elkaar komen om hun werk te
bespreken. De een is op zoek naar eeuwige roem, de ander
probeert diepe gevoelens onder woorden te brengen en voor
de derde is gedichten schrijven enkel een spel met taal.

Het is ook het verhaal van Lennart en zijn muze Fiona,
die helaas haar hart al heeft verpand aan een veel oudere
man.

Als de jonge dichters worden `ontdekt' blijkt dat hun
onderlinge band niet bestand is tegen zoveel succes.

Lees ook:

Lydia Rood

Sprong in de leegte

Cornélie Vergouwe heeft op haar zestiende nog nooit een vriend of vriendin gehad. Ze begrijpt haar leeftijdgenoten niet en leeftijdgenoten begrijpen haar niet. De enige die haar accepteert is haar zusje Elsa, die tegen haar opkijkt en het niet erg vindt dat Cornélie een paar onsjes hersens méér heeft.

Haar ouders willen dat ze goede cijfers haalt en nadenkt over haar carrière. Maar Cornélie ziet niets in school, ze verveelt zich er mateloos. Om de verveling te verdrijven zoekt ze gevaar en sensatie: in het circus, met een groepje skaters, als vriendinnetje van een loverboy. Alleen op een paardenrug, of op het dode punt van een sprong, kan ze vergeten wie ze is.

Dan gebeurt er iets vreselijks. Het is háár schuld, en ze kan het zichzelf niet vergeven. Ze loopt weg van huis, maar haar herinneringen, haar schuldgevoel en vooral die ellendige hersens gaan gewoon met haar mee.

Ze staat op het punt een definitieve oplossing te kiezen, als ze een oude man ontmoet die alles weet van schuld en spijt. Hij dwingt Cornélie haar leven op te schrijven.